COLLECTION FOLIO

Bénédicte Belpois

Saint Jacques

Gallimard

Franco-suisse, Bénédicte Belpois vit à Besançon où elle exerce la profession de sage-femme. Elle a passé son enfance en Algérie. *Suiza*, son premier roman, paru aux Éditions Gallimard en 2019, a rencontré un très grand succès critique et a été récompensé par le prix Marcel Aymé, le prix du premier roman de Sablet et le prix des lecteurs de la ville de Brive.

Aux trois hommes de ma vie,
Valéry, Jean-Robert et Enrico.

Nous croyons que nous disons ce que nous voulons, mais c'est ce qu'ont voulu les autres, plus particulièrement notre famille. Nous sommes parlés, et à cause de ça, nous faisons des hasards qui nous poussent, quelque chose de tramé – et en effet il y a une trame – nous appelons ça notre destin.

JACQUES LACAN

Françoise m'a appelée, je ne me souvenais plus qu'elle avait mon numéro. Elle a dit simplement : « Maman est morte. » Elle voulait que je vienne, *au moins ça*. Elle s'occupait de tout, mais il y avait le notaire, je ne pouvais pas y échapper. J'ai raccroché. Je me suis répété : « Camille est morte » plusieurs fois. Cela ne changeait rien, ça ne me faisait pas mal comme cela aurait dû. Elle était morte depuis longtemps pour moi.

J'ai réveillé Pimpon, je me suis assise sur le bord de son lit et j'ai annoncé abruptement comme Françoise : « Camille est morte », sans même lui dire bonjour. Elle m'a pris la main, encore à moitié endormie et m'a juste demandé : « Qu'est-ce que tu vas faire ? »

Je ne savais pas vraiment. Il fallait que j'y aille, bien sûr, pas moyen de déroger. Je devais prendre quelques jours de congé et descendre m'occuper de tout ça, nous le savions toutes les deux.

« Je ne peux pas venir, maman, mes partiels commencent demain.

— Ça ira, ne t'inquiète pas, chérie. »

J'ai appelé ma surveillante. Pour une fois, elle a été compréhensive, le décès d'une mère tout de même, c'était un motif sérieux d'absence, pas une gastro-entérite. En reposant le combiné je me suis demandé qui allait s'y coller à ma place : le service était plein et nous étions en sous-effectif chronique.

J'ai choisi un train pour le lendemain. Celui qui arrivait juste avant la cérémonie, pour ne pas perdre trop de temps. Le voyage a été rapide, mon voisin monté à Valence étant plutôt bavard, à la manière des gens du Sud avec cette façon enfantine de réfléchir tout haut et d'en faire profiter l'entourage. Au début, on s'agace, puis on écoute malgré soi. Impossible de ne pas prendre part, un tant soit peu, au monologue théâtral. J'ai donc ri comme mes voisins, de son accent et de ses reparties, j'ai remis à plus tard l'introspection.

Françoise m'attendait à la gare. L'enterrement était pour l'après-midi, elle m'a proposé d'aller manger vite fait quelque part, « entre sœurs ». Elle n'avait pas changé, elle affichait toujours ce regard supérieur et cet air méprisant quand elle posait les yeux sur moi. Je me sentais sa cadette, alors que j'étais son aînée de dix ans. J'ai décliné l'invitation, je ne voulais pas me retrouver en face d'elle, je n'avais rien à lui dire. Je préférais aller à mon hôtel, me reposer un peu. J'avais négocié de tout faire dans le même après-midi,

pour pouvoir remonter dès le lendemain à Paris, je ne voulais pas moisir ici. Françoise a eu une moue agacée. « Tu pourrais faire un effort, maman n'est plus là maintenant. »

Juste un sandwich alors, et un verre de vin rouge pour m'anesthésier. Il m'aurait fallu un whisky, ou plutôt deux, pour que Françoise m'apparaisse inoffensive.

Il y avait un bar pas loin du funérarium, le patron faisait des croque-monsieur, j'en ai commandé un, puis un autre. Ce n'est pas que j'avais tellement faim, c'était pour avoir un alibi : mâcher m'empêchait de parler. J'ai lu dans les yeux de Françoise : *tu ne vas pas en bouffer deux, tout de même ? Ça ne te coupe pas un peu l'appétit, la mort de maman ?* Mais je savais aussi que je n'étais pas tout à fait objective, que je réglais des comptes dont elle n'était pas ma débitrice. J'ai eu, une fraction de seconde, une culpabilité immense de ne pas pouvoir poser ma main sur la sienne, de ne pas lui sourire. Elle a tenté de remuer l'enfance, quand nous jouions ensemble, je l'ai arrêtée net. Nous étions là pour enterrer notre mère, pas pour exhumer le passé. Elle a baissé la tête dans sa salade light et ne l'a plus relevée.

Au café, j'ai quand même eu droit au « Tu es dure, Palo ». Elle avait raison, j'étais dure avant de te connaître, Jacques, je n'avais de douceur que pour ma fille. Mon cœur était aride comme le désert de Gobi.

Au funérarium, je n'ai pas voulu voir ma mère. Je gardais d'elle un souvenir précis, une photo où elle posait avec mon père, dans sa jeunesse. Elle y était magnifique, blonde, mince, des yeux clairs, la coiffure un peu gaufrée de l'époque, une robe simple, blanche, très classe, une broche en or qui ressemblait à un scorpion. Elle avait ce sourire énigmatique, un peu triste, à la Mona Lisa. Je ne voulais pas sortir de cette image immobile où le temps s'était arrêté sur sa beauté, je ne voulais pas la voir vieille et morte.

Pour la cérémonie, il y avait quelques amis à elle, que je ne connaissais pas, j'ai été soulagée. Une femme est venue lire un petit texte sur « sa vie, son œuvre », et je me suis étonnée d'apprendre des choses. Elle avait eu une existence, bien sûr, en dehors de moi, et c'était comme si, naïvement, je le découvrais. Françoise a lu, elle aussi, son éloge funéraire. J'ai été surprise. C'était un beau texte, loin d'être cucul la praline. Elle décrivait toute la tendresse qu'elle avait eue pour Camille malgré sa dureté et la constance de son amour filial au-delà des difficultés. Elle avait résisté, alors que j'avais déserté. Quand elle est revenue s'asseoir, je me suis fendue d'un « tu as été parfaite ». J'ai même réussi à éviter le « comme toujours ». Moi aussi, j'ai dû la surprendre. Ses joues se sont teintées de rose.

À peine le temps de serrer quelques mains racornies, de boire le verre de l'amitié, et Françoise m'a embarquée dans sa belle Volvo pour aller chez le notaire.

Je m'attendais à voir un vieux croûton, avec des lunettes demi-lune. Mais c'était un homme plutôt jeune, dynamique, sérieux. On avait envie de lui faire confiance et il n'avait pas de problèmes de vue.

Camille m'avait laissé une lettre. Mes orteils se sont recroquevillés dans mes sandales, j'avais supposé qu'elle écrirait quelque chose, un truc terrible comme à son habitude où j'en prendrais plein la figure. Elle savait écrire, surtout pour me démonter : un mélange raffiné de douceur et de méchanceté. De quoi rendre schizophrène n'importe qui. À la fin, ses lettres, je ne les lisais plus, je mettais trop de temps pour m'en remettre. Je les rangeais dans une boîte en haut de mon armoire.

Pendant que le notaire parlait, je me demandais ce que j'allais en faire, maintenant, si j'allais avoir le courage de les lire un jour.

« Pour être tout à fait exact, plutôt qu'une lettre, votre mère vous a laissé un cahier. Elle a souhaité que vous l'ayez. Mais elle a demandé une faveur, une sorte de condition si vous voulez : que vous lisiez ce cahier dans les Cévennes, quand vous irez voir la maison qu'elle vous lègue.

— Une maison ? Dans les Cévennes ?... »

J'ai éclaté de rire.

« C'est une blague ? » J'ai tourné la tête vers Françoise : « Qu'est-ce que c'est que ces conneries ?! »

Françoise était aussi incrédule que moi, et plutôt vexée : depuis le temps qu'elle vivait avec Camille, celle-ci ne lui avait jamais parlé de cette maison. Le notaire m'a tendu une enveloppe, un gros trousseau de clefs, et une photo, celle d'une maison noire, avec des fenêtres fermées de lourds volets de bois.

« Votre mère avait prévu votre surprise, mais elle m'a dit que vous trouveriez les réponses à vos questions dans ce cahier.

— Et pour moi ? a demandé Françoise, a-t-elle laissé quelque chose ?

— Elle vous a laissé l'appartement dans lequel vous viviez avec elle, c'est un bel héritage. »

Françoise a baissé la tête. Elle était jalouse. Elle aurait voulu son cahier, elle imaginait qu'elle y aurait trouvé notre mère, tendre et gorgée de cette reconnaissance après laquelle elle courait en vain depuis tant d'années.

« Pourquoi veux-tu qu'elle t'en laisse un ? C'est à moi qu'elle doit expliquer les choses. C'est devant moi qu'elle doit se justifier de te léguer son immense appartement de Sète, alors que je n'ai que cette baraque au milieu de nulle part. »

Le notaire a continué pour apaiser la tension qui devenait palpable : la maison cévenole n'avait que très peu de valeur en l'état, certes, mais avec un peu de travaux de rénovation, je pouvais espérer la vendre un bon prix : la région avait un fort pouvoir touristique, les Anglais et les Néerlandais raffolaient de ce genre de bien, authentique, au sein d'un des rares parcs

naturels habités. Je pouvais en tirer trois cent mille euros facilement, grâce aux nombreuses pièces, à la multitude de dépendances, aux trois hectares de châtaigniers en terrasse, adossés à la grosse bâtisse.

Il y avait aussi de l'argent sur des assurances-vie à mon nom, elle me laissait un certain pécule, consciente de la différence entre la valeur mobilière de ses biens.

« Et pour les meubles, la vaisselle ? a demandé Françoise.

— Tu prends tout. Je ne veux rien. Que des photos, et encore, seulement celles où je suis dessus. Tu peux les scanner ? Je te laisse les originaux.

— Tu ne veux pas un petit quelque chose d'elle ? Je ne sais pas, un meuble, un tableau…

— Je ne veux rien. Tu t'es occupée d'elle, c'est normal que cela te revienne. »

J'ai signé les papiers, je me moquais de tout, je voulais juste en finir. Je voulais partir, rentrer chez moi, aller me rouler en boule dans mon lit.

Françoise a proposé d'aller boire un café. Elle faisait durer, elle savait bien que c'était sûrement la dernière fois que je lui parlais. Camille morte, je ne voyais pas vraiment ce qui allait nous obliger à nous revoir, à l'avenir.

J'ai dit oui pour le café. J'aurais dû décliner.

« Tu ne veux pas essayer de l'appeler *maman* à présent ? Chaque fois que tu l'appelles Camille, j'ai l'impression que tu parles d'une étrangère. C'est ta mère, tout de même.

— C'est elle qui a toujours voulu que je l'appelle Camille et pas Maman, tu le sais bien. Elle trouvait que c'était plus flatteur, qu'elle avait un joli prénom qui valait la peine qu'on le prononce. Elle disait aussi que vu notre peu de différence d'âge nous pouvions passer pour deux sœurs. »

Françoise a tenté à nouveau de convoquer le passé et de me faire la morale, je lui ai demandé de se taire. Elle a explosé d'une fureur contenue depuis mon arrivée : Camille avait raison, j'étais mauvaise, je ne me préoccupais que de ma petite personne, j'étais insensible, perverse. Elle pleurait des larmes de crocodile, et reniflait après chaque phrase.

« Françoise, c'est exactement ce que je voulais éviter. Les reproches et les pleurs. Je paye les cafés et je m'en vais. Je te remercie pour tout ce que tu as fait pour Camille. »

Je l'ai laissée là, j'ai jeté un billet sur le comptoir et je suis sortie sans me retourner. J'ai marché vite, couru presque, de peur qu'elle ne me poursuive, en m'agonissant d'injures. J'ai marché sans voir la ville, jusqu'à la mer. Une femme se promenait sur la plage avec une petite fille, toutes deux habillées d'une robe légère qui frissonnait au vent. Un jeune chien jappait devant elles. À distance respectueuse se promenaient des goélands au cou immaculé, aux pattes palmées jaune d'or. Je me suis surprise à rester rêveuse et émerveillée, à songer à Sorolla au lieu de penser à ma mère. Le ressac avait

chassé en partie mes sombres pensées, alors je me suis rassurée avec des phrases convenues du genre : la vie continue, c'est normal de perdre ses parents, etc. J'avais peur d'être réellement méchante, au fond. Aussi méchante que ma mère.

Sur le chemin de l'hôtel je me suis acheté à manger, des gâteaux, du saucisson, du pâté, du pain et deux bouteilles de vin rouge, du languedoc premier prix. Des courses pour trois personnes, de gras et de sucre pour apaiser mon âme malmenée et résister à une soirée en solitaire dans une chambre minable, à converser avec les morts et les souvenirs.

J'ai appelé Pimpon, pour savoir comment s'étaient passés ses examens.

« Formidablement bien. J'ai cartonné, je crois.

— Je n'étais pas inquiète, ma chérie, tu réussis toujours tout.

— Et toi, m'man ? »

J'ai expliqué mon soulagement, proportionnel à mon incrédulité devant le don de cette maison que je ne connaissais pas, dans cet endroit perdu qui ne me rappelait aucun souvenir.

« Camille m'a laissé un cahier, que je dois lire là-bas.

— Vas-y, mais tu vas résister ? Tu ne vas pas l'ouvrir avant ? Heureusement que c'est pas moi, j'aurais commencé à le lire dans les escaliers du notaire.

— Je crois que j'ai peur de ce que je vais y trouver.

— Tu es sûre que tu veux la vendre cette maison ? Elle est peut-être bien.

— Mais qu'est-ce que tu veux que je fasse d'une maison dans les Cévennes, Pimpon ? Je n'ai même pas fini de payer l'appartement, tu me vois entretenir une maison de campagne ? Il y a trois hectares autour, tu m'imagines en paysanne à sarcler mes tomates ?

— Cool, m'man. Tu dis toujours que tu n'as pas le temps de prendre des vacances. Je suis en plein partiels, j'en ai encore pour toute la semaine, je n'ai pas besoin de toi. Prends un bus, va voir cette baraque, passe deux jours là-bas et après tu décides. Là-bas, ce n'est pas Sète et ce n'est pas vraiment ta mère. »

Si j'avais su à ce moment-là, Jacques, que c'était toi, au fond, qui m'attendait là-haut, j'y serais montée le soir même dans cette montagne lointaine, pour gagner un peu de temps, puisque chaque minute nous était comptée. Je t'en prie, mon amour, ouvre les yeux, parle-moi, ne me laisse pas avec la pendule d'argent, celle de l'autre Jacques, qui ronronne au salon et qui nous attend.

J'ai bu mon languedoc devant les informations régionales, en noir et blanc : la télé datait du Neandertal. J'avais fait des économies drastiques sur le prix de la chambre, et je crois que j'avais choisi sans le savoir un hôtel de passe. J'entendais des allées et venues régulières, des

râles suggestifs, dignes de films pornos, mais exclusivement masculins, me semblait-il. Les prostituées ne faisaient plus semblant.

Moi, si j'avais été à leur place, j'aurais poussé des cris de plaisir magnifiques pour que le client soit content. Sans rire, j'aurais dû faire prostituée, je suis sûre que j'aurais été à la hauteur. Je savais aussi que c'était l'effet du vin cette idée saugrenue : les clients en question, je les fantasmais toujours beaux, pleins de charme. Je leur aurais arraché du plaisir. Il aurait suffi de les caresser un peu, à travers leur pantalon, de les rassurer, de leur sourire. Leur laver le sexe, doucement, dans le petit lavabo minable de la chambre.

Puis je réalisais que les vrais clients, ils devaient être bedonnants, avec des poils sur les épaules, des ongles de pied mycosiques et des petites jambes d'alcooliques. Je pensais à mes patients de chirurgie digestive et vasculaire et tout à coup j'avais nettement moins envie de leur caresser le sexe. Je m'en suis voulu de penser à des idioties pareilles, alors que j'aurais dû penser à ma mère. Elle est apparue enfin, lorsque le soir est tombé, à cause des martinets qui trissaient dans la rue, du calme relatif de la ville, de la solitude et de la première bouteille de vin. Son poème préféré, le songe d'Athalie, me revenait en mémoire, chaque fois que je pensais à elle : *Tremble, fille digne de moi, le cruel Dieu des Juifs l'emporte aussi sur toi.*

J'ai été infiniment triste, d'un seul coup. Elle

n'était plus là, nous ne pourrions plus jamais nous haïr, ni nous aimer. Mais ma tristesse n'avait d'égal que mon soulagement. Je ne me sentais pas coupable. Simplement délivrée d'une part d'angoisse, comme si, enfin, l'œil de Sauron avait détourné son regard destructeur de moi. Je pleurais gentiment le nez dans mon languedoc, dans une chambre au papier peint jauni, je me sentais seule au monde. Je croyais l'être.

Et puis j'ai pensé à ma fille. La météo régionale annonçait pour le lendemain un soleil radieux sur toute la côte. Pimpon avait raison, il fallait quand même que j'aille la voir avant de la vendre, cette maison que me laissait Camille comme une punition.

Je me demandais pourquoi les Cévennes. J'aurais été moins étonnée si elle m'avait laissé un bien en Espagne : j'avais quelque chose à voir avec ce pays. Je me souvenais de la volonté de Camille que j'apprenne l'espagnol. Elle avait remué ciel et terre pour que je puisse prendre cette langue en sixième, en lieu et place du traditionnel anglais. Elle s'était enfermée avec le proviseur plus d'une demi-heure dans son bureau, j'attendais dehors assise sur une chaise, les jambes battant dans le vide. Elle était ressortie victorieuse, fière et droite.

« Tu feras espagnol première langue. Ne me déçois pas, sois bonne, que je ne me sois pas donné tout ce mal pour rien. »

Il y avait aussi mon prénom. Paloma. J'avais demandé plusieurs fois à Camille pourquoi ce

prénom original, elle m'avait dit que c'était en référence à une chanson de Mireille Mathieu, un truc sirupeux qu'elle avait beaucoup aimé. Je savais que ce n'était pas la vérité : Camille détestait la musique quand elle n'était pas classique, et je ne l'avais jamais entendue ne serait-ce que siffloter un air à la mode.

On m'a toujours appelée Palo. Sauf toi, Jacques. Tu as dit que tu voulais prendre le temps de m'appeler en entier, parce que Paloma c'était un nom de vierge, de colombe, alors que Palo ça faisait tenancière de bar crasseux. Grâce à toi, j'ai retrouvé une certaine virginité.

Mais j'avais beau fouiller le passé, les Cévennes, de près ou de loin, cela ne me disait absolument rien.

J'ai tâté le cahier à travers la grosse enveloppe de papier kraft. Je voulais savoir, mais j'avais peur. Alors que sa dépouille reposait sagement au fond de son caveau, cette crainte sournoise et insidieuse que j'avais toujours ressentie aux côtés de Camille m'empêchait d'ouvrir l'enveloppe. Je supposais que cette lecture interdite me porterait malheur.

J'ai eu l'envie subite d'aller voir cette maison, pour en finir une bonne fois pour toutes, lire ce que me réservait de cruauté ce cahier. J'ai regardé le trajet sur Internet. Il y avait bien un bus pour Alès, mais ensuite je ne trouvais rien pour monter au village. Bien sûr, j'aurais pu faire du stop, mais je n'avais pas envie de

poireauter sur le bord d'une départementale déserte avec ma pauvre valise. *Bagdad Café* n'était qu'un film, ces choses-là n'arrivent pas dans la vraie vie.

Sur un coup de tête, j'ai enfilé mon jean, et je suis allée à la gare pour louer une voiture et annuler mes billets de retour.

La soirée loin de ma fille a été longue, j'ai continué de pleurer sur mon malheur comme une pauvre petite Cosette alcoolique. Le sommeil ne m'a surprise que tard dans la nuit.

Je me suis réveillée à cinq heures, comme d'habitude. Mon corps ne savait pas que je ne travaillais pas. J'ai bu un café à la machine de l'accueil, atrocement mauvais, trop noir, trop fort, trop court. J'ai fumé une cigarette sur le devant de la porte, dans le petit matin. L'aube venait doucement, j'entendais les cris des goélands, et vu le raffut qu'ils faisaient, il devait y avoir un retour de pêche sur le port. Les éboueurs entrechoquaient les conteneurs en un vacarme du diable, j'ai eu droit à un bref signe de main sympathique au passage du camion. Ils avaient dû me prendre pour la femme de ménage et c'était sûrement une marque de fraternité, entre gens qui travaillent quand les autres dorment encore, et qui sont payés une misère. La solidarité de l'infortune.

J'ai pris une douche qui m'a rendue à la vie, j'ai jeté mes affaires dans mon sac et j'ai fui Sète, cette ville félonne qui n'avait même pas

été capable d'enterrer son Brassens sur la plage, alors qu'il l'en avait si bien suppliée.

Je n'avais pas à réfléchir, la voix synthétique du GPS me disait où aller. L'A9, la sortie de Lunel, puis des départementales désertes. Sommières qui sommeillait. J'aurais aimé que la voix désincarnée, de temps à autre, me dise : tu roules bien, ou bravo, ou quelque chose dans le genre, pour m'encourager.

Tout à coup, le soleil s'est levé. J'ai ouvert la fenêtre, et une bouffée d'odeurs méditerranéennes est entrée dans l'habitacle : toutes les herbes de Provence sont venues parfumer ma voiture. Tu vois, Jacques, à force de les acheter en pot, sèches et broyées, on finit par oublier que ce sont de vraies plantes qui doivent bien pousser quelque part. C'était une bonne odeur de vacances, qui m'a mise en joie, tout à coup. Je me suis souvenue de papa qui conduisait en bras de chemise, le coude à la portière. De l'arrêt dans cette bourgade au bord du Rhône, où nous avions pu prendre le petit déjeuner après avoir roulé toute la nuit. Quand j'avais ouvert les yeux, nous étions sur un parking, papa m'avait caressé l'épaule et il m'avait dit : « Viens, ma chérie, on va se payer un vrai petit déjeuner. » Il y avait les coteaux couverts de vignes, roses dans l'aube naissante et un immense panneau *Chapoutier*. Le Rhône était grand comme la mer, presque à hauteur de la route, un long fleuve étale, d'un beau bleu pâle. Nous nous étions

assis en terrasse, comme des habitués, et le serveur avait demandé ce que voulait *la petite famille.* Les parents avaient commandé des cafés noirs et Françoise et moi des chocolats onctueux, dans lesquels nous avions trempé des croissants, croustillants et brillants de beurre. Les meilleurs de ma vie et un des rares souvenirs heureux de mon enfance.

Là, c'était la même joie. L'air s'engouffrait dans la voiture, c'était à nouveau les vacances, je me moquais de Paris, du boulot, du testament, soudain je me sentais libre. Camille aurait été surprise de me voir si heureuse, j'étais sûre qu'elle avait pensé me punir avec cet héritage. J'ai hurlé : « Merci, Maman » par la fenêtre. *Maman.*

J'ai roulé doucement, traversé Anduze endormie, Saint-Jean qui s'éveillait, et je suis entrée dans la Vallée-Française. Le Gardon coulait limpide au fond de sa gorge, je l'apercevais par endroits. Au bord de la rivière, j'ai appelé Pimpon pour lui expliquer ma folie. Elle m'a comprise.

« Sincèrement, Mamounette, je suis juste un peu jalouse, j'aurais tellement voulu venir avec toi. Mais tu vois, c'est peut-être une bonne idée que tu sois seule pour ce rendez-vous avec Camille. Laisse-moi un message quand tu seras arrivée, que je ne me fasse pas trop de souci. Envoie-moi une photo de la baraque.

— Promis, chérie.

— Je file, j'ai les maths ce matin, mets une

bougie pour moi quelque part si tu trouves, et active ton réseau de saints, là, saint Machin, saint Trucmuche, je vais en avoir besoin. »

J'ai été surprise par la beauté du village : à flanc de colline, sur un plateau verdoyant, avec un château dans le fond de la vallée. Tu sais mieux que moi comme il est attachant, d'emblée. J'ai garé la voiture et fait le tour de la petite place centrale, il n'y avait personne à qui demander mon chemin. La plupart des maisons étaient closes, leurs gros volets de bois fermés. Ce devait être des résidences secondaires, qui ne s'ouvraient qu'épisodiquement au printemps ou en été. Vivre ici à l'année, ce ne devait plus être possible.

Il régnait ce matin-là, comme à l'accoutumée, ce mélange délicat d'opposés climatiques qui caractérisent la région. Cette douceur maritime régulièrement assassinée d'une lame de froid montagnard, dès que les rayons du soleil disparaissent derrière le mur contre lequel vous marchez. J'étais contente d'avoir gardé mon bonnet pour affronter les venelles sombres où rôdaient déjà des courants d'air glacé annonciateurs d'hiver.

Dans un jardin, j'ai fini par trouver une vieille femme, occupée par ses iris. Elle leur parlait. J'ai trouvé ça charmant puis déprimant : il fallait quand même être diablement seule pour converser avec des fleurs.

J'ai demandé mon chemin. Je devais sortir du

village, faire deux kilomètres sur une route à droite.

« Il n'y a plus personne là-haut, depuis longtemps. À part Rose. Vous trouverez la maison que vous cherchez un peu plus loin que la sienne. C'est quasiment en ruine, vous savez. Vous trouverez mieux à louer ou à acheter au village, si c'est ce que vous recherchez. »

J'ai remercié, et je suis partie rapidement. J'avais peur qu'elle ne me pose trop de questions. Je voulais rester celle que j'étais, une gosse de la ville nourrie de poulets aux hormones comme dans la chanson.

La voiture était bien garée sur la place et j'ai décidé de monter à pied. Les deux kilomètres m'ont paru interminables. À Paris je m'agitais sur place, je piétinais dans les couloirs du service, je prenais le métro et les Escalator. Là, c'était tout autre chose. Je pouvais faire de grandes enjambées, et je sentais mes cuisses se durcir, elles me brûlaient presque, sous le coup de cette foulée inhabituelle. Je respirais profondément, cherchant l'air qui me manquait. J'imaginais mon pauvre cœur étourdi, qui tentait comme il pouvait d'irriguer tout le système, mes poumons ratatinés, mes muscles atrophiés tentant de mouvoir ce corps sclérosé d'inactivité.

J'ai dépassé une maison en contrebas de la route. Mme Rose A. La *mienne* était donc la suivante, un peu plus sur la droite.

Énorme. Une colossale bâtisse de schiste. Un amoncellement parfaitement régulier de pierres

rongées de lierre qui escaladait toutes les faces livrées à l'abandon. Des fenêtres hautes et étroites, des volets en bois gris d'hiver, de pluie et de vent, avec pour seule ouverture un losange bien taillé, qui devait laisser passer un rai de lumière à l'intérieur. Un toit de lauze qu'on percevait à peine du fait de sa faible pente.

Je pourrais dire que la maison a pris la parole en premier, qu'elle m'a raconté, ce matin-là, sa solitude insupportable, ses petits maux et ses grandes douleurs. Je l'ai écoutée gémir, subjuguée, interdite. Je ne m'attendais à rien de semblable.

Il était difficile d'accéder à la porte d'entrée, le chemin n'existait plus, envahi par les ronces, les genêts qui avaient pris possession des lieux. J'ai fini par discerner dans ce chaos de végétation une sente à peine perceptible, tracée par des animaux et j'ai pu grimper sur le perron, par un simulacre d'escalier. Je me suis retournée, j'ai vu les montagnes et j'ai eu le souffle coupé à nouveau. C'est toi qui m'as dit ça un jour, Jacques : depuis cette porte, on prend les Cévennes en plein cœur.

La vue, dégagée malgré la végétation désordonnée, portait loin. L'air d'automne était sec, le bleu se battait avec le doré des châtaigniers. C'était à celui qui écraserait l'autre. Dans le ciel, sur le sommet des crêtes et sur les pentes encore nimbées de nuit, l'azur n'avait pas d'adversaire à sa taille, mais dans la vallée, sur les replats les

plus exposés, où dormaient quelques maisons isolées, c'était cet or pur qui triomphait. Les herbes sèches, les feuilles d'automne rugissaient d'un jaune mordoré.

Le silence était total. Même les oiseaux ne chantaient pas, occupés à s'angoisser de l'hiver qui viendrait bientôt. Je suis restée longtemps, là, sur le seuil de *ma* maison à regarder avec mes yeux de citadine amnésique. J'avais oublié la nature, je ne me souvenais plus.

J'ai fini par revenir à moi et entrer la grosse clef noire dans la serrure. J'ai ouvert.

L'intérieur était dans la pénombre, mais on pouvait distinguer les murs noirs, de suie, de crasse, de je ne sais quoi. Une cheminée monumentale absorbait le fond de la pièce, une cuisinière rudimentaire trônait devant la fenêtre principale, un bel évier carré, immense et peu profond, une sorte de plan de travail en bois. Tu m'as dit depuis que c'était du châtaignier. Tu riais et tu disais toujours qu'ici tout était en châtaignier, par obligation.

Les pièces suivantes étaient des chambres, toutes vides sauf la plus grande qui possédait encore un sommier, un chevet et une table. Les murs étaient recouverts de papier peint d'un autre âge qui se décollait par endroits. Je ne sais pas ce qui m'a pris mais j'en ai soulevé un pan, qui est venu à moi dans sa totalité, il ne tenait plus que par la force de l'habitude. J'ai continué, j'ai arraché tous les lés un à un. C'était facile et c'était magique de retrouver le

mur blanc dessous, ça faisait presque propre. Bien sûr, il aurait fallu poncer, refaire un peu d'enduit, peindre, pour que ce soit vraiment parfait, mais on avait une idée assez juste de ce que ça pouvait donner.

L'incongruité de la scène m'a tout à coup sauté aux yeux : mais que faisais-je là, moi, à faire semblant de décoller du papier peint dans une baraque dont je ne soupçonnais même pas l'existence la veille ?

J'ai vite fermé les volets, la porte, et je me suis assise une dernière fois sur le perron, pour emporter à Paris une image des montagnes, gravée sur ma rétine. Sous les herbes, j'ai deviné la cour pavée qui finissait contre un châtaignier énorme et un muret effondré en bordure de route. Comme sur une terrasse, il y avait suffisamment de place pour dresser une grande table l'été, avec une nappe blanche et des verres colorés. En cas de forte chaleur, on était à l'ombre, sans perdre la vue pour autant. Il manquait juste un barbecue. On aurait dit *le Sud, et toujours en été.*

Il fallait tout de même que je parte, je sentais que si je restais plus longtemps, j'aurais été capable de commencer à désherber la cour. Je suis redescendue sur la route, sans me retourner. Je crois que j'avais peur que la maison ne se mette à pleurer et ne m'appelle entre deux sanglots.

Mme Rose était un peu plus bas, elle m'attendait. Une minuscule femme toute maigre,

habillée de noir, légèrement voûtée. J'ai pensé à un *sarment du Médoc.* Les patients nous en offraient souvent dans le service de ces petits bâtons de chocolat noir, aromatisés à toutes sortes de goûts plus ou moins écœurants. Je mangeais la boîte à moi toute seule, quand les collègues avaient le dos tourné. C'était vraiment ça cette femme : un fagot de jambes et de bras tordus, noirs et secs. À ses pieds, une ignoble bête orange, naine et frisée comme un mouton, visiblement vieille, avec des yeux vides de cataracte. Maître Yoda, version chien.

Mme Rose voulait certainement savoir qui était la femme qui venait de si bon matin marcher sur son territoire. J'allais avoir droit à une foule de questions à peine voilées sous un tombereau de mondanités paysannes. Elle ne devait pas souvent voir du monde, ici.

« Bonjour, Madame, j'ai dit.

— Bonjour, Mademoiselle. »

Pas plus. J'ai continué, étonnée. Je sentais son regard sur ma nuque, mon dos, mes fesses. Je me suis retournée pour la fusiller du regard, mais elle avait disparu. J'ai juste entendu derrière la haie :

« Viens, Wickette, on rentre. »

Rose m'a dit longtemps après qu'elle ne m'avait pas posé de questions ce jour-là, parce qu'elle avait vu sur ma figure qui j'étais. Elle savait que j'allais revenir et qu'elle aurait tout loisir d'épancher sa curiosité.

Rose avait vu juste. C'est à Bourges, où je m'étais arrêtée pour boire un café, que j'ai définitivement décidé de garder la maison. Mais ce n'était pas pour ce que tu aimes tant, Jacques, cette vue sublime sur les montagnes, ce silence apaisant, cette lumière éblouissante de fin d'automne. Ce n'était pas non plus pour ce fameux cahier que j'avais commencé à lire dans la voiture au village, qui m'avait coupé le souffle et retourné l'estomac dès les premières lignes. C'était pour le petit calendrier, accroché au-dessus de l'évier de la cuisine, dont il ne restait que la photo de couverture totalement décolorée : *Nuestra Señora del Rocío, la Paloma blanca.*

Ma chérie,

Tu vois comme c'est drôle, je vais bientôt mourir, je devrais me moquer de tout et pourtant en écrivant « ma chérie », j'ai un haut-le-cœur. Je n'ai jamais su le dire, je n'ai jamais su le prononcer avec tendresse. Je sais bien que je disais « ma chérie » et que j'avais l'air de penser « sale gamine ». Je ne t'ai jamais chérie et je n'ai jamais su le dissimuler. Mais qui s'en souciait, à part toi et moi ?

Il faut que je t'écrive ce que je ne t'ai confié qu'une fois, à ta naissance, d'une façon plus enfantine, moins aboutie. Écrire c'est plus facile, je peux reprendre mes mots, trouver ceux qui traduisent ma pensée au plus juste, je ne suis pas dans l'urgence de la parole. J'aurais dû le faire bien plus tôt. Ce n'est qu'aujourd'hui puisque je me sais condamnée que je prends le temps. Je reste égoïste : c'est seulement pour soulager ma conscience, je n'ai pas besoin de ton pardon, que tu serais en droit de me refuser. Tu m'excuseras de te donner parfois des détails trop intimes, j'ai conscience de ne pas faire les choses correctement, de ne pas te

parler comme une mère à sa fille. Mais ça, tu le sais depuis longtemps, je n'ai jamais été une mère à la hauteur pour toi. Aujourd'hui je veux t'écrire de femme à femme, en appeler à ton ventre. Je suppose que c'est à peu près le seul chemin que je peux suivre pour t'atteindre. La seule explication possible entre nous deux, pour nous deux.

Je n'irai pas par quatre chemins. La maison que je te laisse est celle de ton père. Ton père biologique. Ton vrai père, celui qui t'a élevée, reconnue, est bien celui que je t'ai donné, Michel. Il a gardé le secret, comme je le lui avais demandé. Il n'a jamais su non plus qui était ton géniteur, il a juste endossé cette paternité avec facilité, et tu en conviendras, il en a assumé le rôle avec grandeur et efficacité.

J'avais quinze ans quand j'ai connu ton père, par hasard. À l'occasion d'un voyage de travail de ton grand-père, qui devait se rendre sur un chantier de barrage du côté de Lodève. Il avait proposé à maman de partir en famille, pour des vacances qui n'en seraient pas tout à fait, mais qui nous laisseraient le temps de faire un peu de tourisme, de découvrir le Massif central, les Cévennes, de prendre des petites routes, de « voir du pays ». Maman avait accepté, mais de mauvaise grâce, elle n'aimait pas la province. Elle supportait un peu la mer, et encore, seulement à Deauville puisque c'est encore Paris, ou sur la Côte d'Azur.

Comment t'expliquer mon spleen d'adolescente d'alors et les précédentes vacances au bord de la

Méditerranée ? Papa et maman sur la plage. Maman les seins nus, je ne supportais pas, j'avais honte, j'aurais voulu qu'elle se couvre. Sa façon de me dire : pourquoi tu n'enlèves pas le haut, toi aussi ? Tu as de si beaux seins, gros et jeunes, si tu ne les montres pas maintenant, quand le feras-tu ? Je baissais la tête, je ne voulais pas qu'elle se mêle de ça, qu'elle me parle de mes seins. Elle mettait du sexe dans tout.

Je passais des heures avec mon masque et mon tuba, à glisser le long de la plage, là où les vagues meurent et vomissent leur cargaison de coquillages capturés au large. C'est là que je trouvais les plus beaux. C'est là aussi que je m'oubliais : je n'entendais plus rien, seulement ma respiration dans le tuba et le léger ressac.

Pourtant, je sentais bien qu'il se passait quelque chose pour moi, que je ne pouvais plus rester à nager sous l'eau toute la journée. Chercher des poissons avec mon harpon, ramasser des coquillages, ce n'était plus suffisant. Il y avait ces jeunes gens qui s'amusaient et cette envie de les rejoindre sans oser le faire. Des jeunes de mon âge, des garçons bronzés, qui parlaient une langue que je ne connaissais pas. De l'italien, avait dit papa. Je les regardais discrètement, en faisant semblant de somnoler, la tête sur mon avant-bras. Je détaillais leurs corps parfaits, leur peau légèrement cuivrée, et ce bombement sous leur maillot de bain qui me fascinait. Dans une grande ambivalence naïve, je savais que c'était leur sexe et pourtant je ne le savais pas. Je les regardais entre les cils de mes paupières presque closes qui me protégeaient, et je rêvais que l'un d'entre eux vienne me chercher.

À l'idée de revivre des vacances similaires, je

frémissais. Mais la première partie du voyage a plutôt été une bonne surprise. Maman semblait détendue, papa était heureux de conduire, nous nous arrêtions souvent pour boire des cafés ou manger au restaurant. Je crois que c'était pour ça que maman était tranquille : pour une fois elle avait l'impression de vivre à la hauteur de son rang, et d'être la femme d'un ingénieur. Ici, en pleine campagne, elle était riche, beaucoup plus qu'à Paris. Les hommes la regardaient, elle se sentait belle. Du coup, elle était gentille, même avec moi.

Tout a dérapé quelques kilomètres avant ce village maudit, lorsque la voiture est tombée en panne, dans une côte sinueuse. Papa avait voulu passer par la montagne pour montrer à maman la corniche des Cévennes que lui vantait le guide Michelin. Impossible de faire redémarrer la voiture. Papa est parti au village à pied, il est revenu avec un drôle de type et un tracteur qui datait de Mathusalem, qui nous a remorqués jusqu'au village. L'homme faisait le mécano à ses heures perdues, il réparait tout et n'importe quoi, mais il fallait commander la pièce à Lyon, il y en avait bien pour une semaine. À l'idée de passer plusieurs jours dans ce village isolé, maman a eu une crise de nerfs. Papa lui a tenu les mains pendant longtemps et promis une paire de boucles d'oreilles en or à leur retour à Paris.

Dans le village, il y avait un hôtel, qui existe toujours je crois, même s'il a changé plusieurs fois de propriétaires.

Il faisait déjà très chaud pour la saison, nous étions en plein mois de juin, il n'y avait rien à faire que de

déambuler dans les rues du village. Maman a acheté un parapluie dont elle se servait comme d'une ombrelle et que je trouvais ridicule. Elle a fait un scandale à la petite épicerie car elle n'a pas trouvé de crème solaire, elle craignait d'abîmer sa peau et de devenir bronzée comme une paysanne. Elle a dit ça à la caissière avec son dédain habituel. Je crois qu'elle a méprisé tout le monde toute sa vie. Papa surtout. Il y avait un Espagnol à l'hôtel qui travaillait comme factotum. Regard noir, velouté, muscles saillants. Le garçon était toujours silencieux : réfugié depuis peu, il ne parlait pas français. Il était toujours torse nu. Je disais aux parents que j'allais me coucher, mais je passais la soirée à le suivre des yeux dans la cour arrière, depuis la fenêtre de ma chambre. J'avais remarqué qu'il me lançait des regards furtifs. Il avait perçu que ce n'était ni le soleil couchant sur la campagne ni les garages encombrés de vieilles machines qui m'attiraient inexorablement : il avait compris qu'il était seul à retenir mon attention.

Un soir, papa m'a fait goûter un kir à la châtaigne. J'ai été rapidement sonnée et, prétextant un mal de tête, je l'ai laissé se disputer à loisir avec maman, au dessert. Je suis allée sur la route à la sortie du village, marcher un peu. J'espérais croiser ce garçon, mais je ne savais pas où il habitait, je savais seulement qu'il finissait toujours le dernier et qu'après avoir nourri le chien qui aboyait toute la nuit au moindre passage il rentrait chez lui en mobylette. Une machine bruyante et pétaradante qui sentait l'essence à plein nez. J'avais choisi la bonne route d'instinct : je l'ai entendu arriver dans mon dos. Il s'est arrêté à ma

hauteur, il a pris ma main. Il m'a attirée à lui et a posé ses lèvres sur les miennes. Comme je ne bougeais pas, il s'est enhardi et a rentré sa langue dans ma bouche, il m'a prise contre lui. J'étais encore plus mince qu'aujourd'hui à l'époque, et je me souviens de cette impression d'être minuscule dans ses bras, trop maigre, trop transparente. Il m'a fait signe de monter sur sa mobylette et m'a emmenée un peu plus loin, dans une maison abandonnée en bordure de route, une grosse baraque noire et triste, à la porte constamment ouverte, bloquée par une pierre effondrée. Il m'a fait l'amour là, sur un sac en toile de jute qu'il avait jeté par terre. J'aurais pu dire non, mais je ne l'ai pas fait. Je ne savais pas si je voulais de lui ou pas.

Je ne me souviens plus que de certains détails qui sont entrés en moi bien plus profondément que je n'aurais pu l'imaginer. Je me souviens d'avoir senti son cœur s'emballer quand il est entré en moi et puis j'ai attendu, inquiète, en me demandant quand il allait s'arrêter. Je ne savais pas ce que je devais faire, ou penser, j'écoutais le silence du soir, et son souffle dans mon cou. Il disait des mots que je ne comprenais pas. J'avais mal au dos, le sol était dur.

Ensuite, il m'a ramenée près de l'hôtel et m'a souri gentiment, il m'a semblé.

Je suis revenue dans ma chambre, et je me suis regardée longtemps dans la glace. Il n'y avait rien de changé. On ne voyait pas que j'étais une femme à présent, plus une petite fille. Il n'y avait aucune trace de ce sexe qui m'avait pénétrée. Rien. Malgré tout, je restais une enfant, avec la sensation d'avoir désobéi, d'avoir fait quelque chose de mal. J'avais envie d'aller

réveiller papa et lui dire que j'avais mal au ventre, pour qu'il me prenne dans ses bras et qu'il me dise : « Ce n'est rien, chérie, ça va passer, c'est juste une indigestion. Dors, je suis là. »

Je n'ai pas beaucoup dormi : j'ai passé la nuit à réfléchir, à osciller entre une certaine fierté et un sentiment de honte qui me donnait envie de pleurer.

J'ai eu peur de descendre déjeuner, le lendemain. Je pensais que maman allait voir quelque chose. Mais elle était encore occupée à se plaindre de la chaleur, de papa qui fumait déjà et des mots croisés qu'il préférait résoudre plutôt que de lui faire la conversation. Papa m'a simplement demandé si je n'avais plus mal à la tête.

Ma mère a continué son monologue plaintif, tout l'insupportait, papa est retourné à ses mots croisés et j'ai beurré mes tartines, stupéfaite qu'il n'y ait rien de changé. Dans cette matinée extraordinairement normale, je me sentais pourtant phosphorescente.

Je suis retournée tous les soirs à la maison dans la montagne, dès que je pouvais. L'Espagnol m'accueillait avec un sourire quand j'arrivais. Il avait trouvé un matelas sur lequel je pouvais m'allonger, sans avoir mal au dos. Il allait toujours aussi vite, je restais roide et tendue. Je revenais juste pour ce moment où il jouissait, le cri qu'il poussait, la tension avant le relâchement. Je pressentais ce pouvoir que j'avais sur lui à ce moment-là. Il se perdait en moi, il n'était plus vraiment lui-même. J'aurais pu facilement lui planter un couteau dans le cœur, alors, puisqu'il était sans défense. Il éprouvait du plaisir et pendant quelques secondes je gagnais, parce que moi, je restais

consciente, je savais où j'étais, je pouvais dire qu'il y avait soixante-deux lignes de pierres posées l'une sur l'autre du sol au plafond, une porte, deux fenêtres aux volets fermés, et je pouvais faire l'inventaire complet de tout le matériel entreposé là. Je savais aussi que dehors le soleil sombrait derrière la fameuse corniche des Cévennes, les champs devenaient gris tout à coup, le chemin s'obscurcissait, et le vent s'apaisait enfin, lui qui avait soufflé comme un damné toute la journée.

Nous sommes partis, un matin. La voiture avait été réparée, nous avons quitté l'hôtel comme des voleurs. Maman ne voulait pas rester une seconde de plus dans ce village de misère. Je n'ai pas laissé de message, je suis montée docilement sur la banquette arrière, je voulais disparaître aussi rapidement que j'étais venue, comme un rêve dont on doute de la réalité, avec les années. Comment aurais-je pu dire au revoir à un garçon dont je ne connaissais rien, même pas le prénom. Je fuyais avec ma culpabilité : j'avais menti par omission. Omission des caresses, des baisers, de la séduction. Je ne percevais en moi que le vide prodigieux de l'insuffisance du désir, la carence de l'envie, l'absence de l'amour.

Encore une fois, je sais que je suis la seule coupable, Paloma, mais chaque jour de ma vie tu es venue me rappeler ma faute. D'un petit délit, tu as fait un crime, et tu m'as condamnée à ne jamais oublier.

Tu es ma peine capitale.

« Mais, maman ! C'est encore pire que ce que j'avais imaginé ! »

Pimpon ouvrait des yeux comme des soucoupes.

J'ai glissé la clef dans la serrure, nous sommes entrées toutes les deux, et nous avons posé les valises sur le plancher poussiéreux.

« Comment on va faire ? Il n'y a rien de rien ici. »

Elle marchait, les bras le long du corps, abasourdie, presque en colère. Elle est entrée dans la chambre du fond, où mon tas de papier peint gisait encore sur le sol. J'ai ouvert les volets pour que les montagnes la réconfortent, pour que l'effet magique se produise sur elle, pour me rassurer sur mes choix, que je trouvais soudain complètement déments. J'avais tout quitté, je m'étais construit un autre destin sur un coup de tête, pour une pseudo-loyauté filiale. J'avais mis mes pas dans ceux d'un père inconnu à défaut de pouvoir les mettre dans

ceux d'une mère aimante. Je croyais pouvoir renaître, recommencer, réparer les manquements. J'aimerais te dire, Jacques, que je t'attendais déjà, que je savais que tu viendrais, mais ce serait mentir. À cette époque-là, je n'étais pas une femme, j'étais juste une petite fille qui cherche son père et sa mère disparus sous les décombres.

« Viens dehors, je t'en prie, Pimpon, viens voir. Tu vas comprendre. Viens t'asseoir là. »

J'ai sorti mon paquet de cigarettes, je lui en ai proposé une. Nous avons fumé toutes les deux assises sur la grande marche en pierre. Il faisait doux, presque chaud alors que nous n'étions qu'en mars. Le ciel était bleu pastel.

« Regarde comme c'est beau, Pimpon, regarde.

— C'est magnifique, Mamounette, mais tellement perdu. Et on va dormir où ?

— Ne t'inquiète pas, il y a un hôtel au village, j'ai réservé une chambre avec un bon lit douillet pour quelques nuits. Ce sera les vacances, tu verras.

— Mais il te faudra des années pour que ce soit potable ici, habitable.

— J'ai deux mois avant de reprendre le travail, je vais bosser comme une dingue. Tu vas voir, quand tu reviendras après tes examens, tu ne reconnaîtras pas la maison. Je vais procéder par étapes. D'abord, nous repeindre chacune une chambre, bien propre, et rénover la salle de bains. Pour le reste, on campera. J'ai tout prévu, depuis plus de six mois que je réfléchis. »

Ce n'était pas vrai, je n'avais réfléchi à rien. J'avais pris mes décisions dans l'urgence, je me doutais que si je gardais un peu de raison, j'aurais fait marche arrière. Je m'étais jetée dans un tourbillon de démarches administratives pour pouvoir oublier la petite voix en moi qui me susurrait que j'étais folle. Disponibilité de l'hôpital, installation en tant qu'infirmière libérale, achat d'une voiture, vente de l'appartement. Pimpon avait été d'accord sur tout. Elle resterait à Paris pour ses études, je ne pouvais pas l'embarquer totalement dans ma folie, elle viendrait seulement aux vacances. Sans le savoir, elle était le cœur de la plus forte de mes angoisses : comment allais-je vivre sans elle ? Mon Olympe, que je continuais à appeler du Pimpon de l'enfance, alors qu'elle était déjà une jeune femme. Bien sûr, je savais qu'un jour elle partirait, qu'il me faudrait trouver une solution pour combler le vide affectif qu'elle laisserait, mais je repoussais toujours cette éventualité.

Pimpon fixait la ligne de crête, son regard se perdait dans le bleu velouté et elle soufflait violemment la fumée de sa cigarette.

« T'es vraiment cintrée, m'man, a-t-elle répété. Vraiment. Je me demande encore comment tu as pu décider un truc pareil. Enfin je devine un peu. C'est vrai qu'il y a quelque chose ici. Une présence. J'espère que tu arriveras à faire en sorte que ce supplément d'âme te suffise pour vivre ici toute ta vie. Je ferai ce que je peux pour t'aider, je te le promets. »

Je l'ai prise dans mes bras, heureuse qu'elle me comprenne si rapidement.

Nous sommes allées à l'hôtel dormir un peu, nous étions épuisées par la route, commencée de nuit. Le patron acceptait les Chèques-Vacances alors j'ai aussi réservé le repas du soir.

Après la sieste, nous sommes descendues à Alès pour trouver une grande surface digne de ce nom. Un peu plus d'une heure de route, rien que pour l'aller.

« On va prendre de quoi soutenir un siège, Pimpon. Des patates, des pâtes, des boîtes, de tout, pour être quitte de revenir trop vite. Pour le reste je me débrouillerai, avec l'épicerie du village. Il faut prendre aussi de quoi nettoyer. De la lessive Saint-Marc, des éponges qui grattent. On va s'installer provisoirement et je redescendrai plus tard pour le matériel de peinture et de rénovation. »

Nous avons rempli deux Caddie. Nous aurions pu résister à une attaque de Huns, mais tu sais comme j'ai toujours peur de manquer.

En revenant au village, la route sinueuse nous a donné des nausées de femmes enceintes et j'ai raconté à Pimpon pour la énième fois, parce qu'elle me l'a demandé, comment son père et moi nous nous étions rencontrés.

J'avais seize ans, je travaillais au black dans une boulangerie du quartier pour me faire un peu de tune, Maman ne voulant pas me donner

d'argent de poche, au motif que « rien dans la vie n'est gratuit ». Sur le principe j'étais d'accord, mais je savais qu'elle filait de l'argent à Françoise, pour ses bons résultats scolaires. Certes, ils étaient bien meilleurs que les miens, mais cela ne justifiait pas une telle injustice. Je me sentais spoliée, comme toujours.

Je commençais vers six heures le matin, je récurais le sol de la boulangerie, et je nettoyais la vitrine, les présentoirs. Je servais les quelques clients matinaux, jusqu'à l'arrivée à sept heures de la vraie vendeuse, une Toulousaine pulpeuse et grande gueule qui couchait avec le patron. J'aimais bien jouer à la marchande et souvent je pouvais rester encore un peu, le temps qu'elle pose son manteau, qu'elle enfile son tablier et qu'elle aille embrasser son boulanger. Elle prenait son temps et revenait avec un grand sourire qui semblait dire : allez, tu t'es assez amusée, à mon tour maintenant de faire les choses correctement. Théo passait vers six heures trente acheter un croissant. Il avait une énorme moto, noire et luisante. Elle ne faisait pas beaucoup de bruit, mais on sentait qu'elle rongeait son frein et qu'elle attendait la première occasion pour rugir, comme dans la chanson d'Édith Piaf. Il avait un habit de cuir, une carapace souple pour un corps jeune et mince. Cette façon d'enlever son casque et cette tignasse noire et bouclée qui jaillissait tout à coup dans la lumière du néon. J'étais tombée amoureuse en deux secondes chrono. Raide dingue.

Pimpon riait.

« Une vraie courge, je te jure. Je ne savais plus comment je m'appelais quand il me parlait, ton père. Et son nom ! Théo. Théo Anastassaki ! J'étais cuite. Le matin d'hiver où il a prononcé son nom, j'ai vu la mer Égée et toutes les îles grecques réunies... »

Pourtant, Théo n'avait jamais vu la Grèce, tout comme moi. Il était né à Montrouge, de parents ouvriers, des gens simples et paisibles. Théo avait toujours eu des difficultés à l'école, il ne tenait pas en place et avait des problèmes de concentration. Heureusement, il avait pu faire un métier de sa passion pour la moto. C'était un mécanicien hors pair, on venait de loin pour lui faire réparer des motos coûteuses, des Harley, des Agusta, des Ducati et des belles japonaises. À vingt ans, il gagnait bien sa vie. Il m'emmenait dans son studio rue Lemercier et nous faisions l'amour des journées entières. Rapidement j'ai vécu chez lui, j'étais jeune et naïve, je jouais les petites femmes, je lui faisais à manger, je repassais son linge, je mettais des fleurs volées au square des Batignolles dans des verres à moutarde sur son bureau, j'étais tellement amoureuse. Je ne retournais que rarement à la maison, Camille se moquait de ma présence, elle n'avait d'yeux que pour ses amants.

J'ai été enceinte rapidement, et j'ai été folle de joie. J'ai eu la grossesse la plus tranquille du monde, j'étais fière de marcher dans les rues avec mon ventre, que je ne trouvais pas assez gros, je

voulais que tout le monde le voie, que tout le monde le sache. Comme pour beaucoup d'adolescentes, cette grossesse me donnait un statut, je n'étais plus obligée de me justifier sur mon avenir : devenir maman me faisait grandir. Je me rendais aux consultations bien consciencieusement, comme une adulte. Les échographies me remplissaient de joie, Théo m'accompagnait, il tremblait que l'on découvre une anomalie et posait des tas de questions au médecin. Je n'avais rien dit à Camille de mon état, une amie m'ayant parlé du détournement de mineur, j'avais peur que Théo ait des ennuis. Je restais cloîtrée chez lui, j'inventais des excuses pour ne pas passer à la maison. J'avais fini par avouer la grossesse au dernier mois, par téléphone, en me défaussant lâchement de l'annonce sur Françoise.

J'ai mis ma fille au monde, à terme. La sage-femme était gentille, elle m'expliquait tout, elle me demandait toujours la permission avant de me toucher. Elle me vouvoyait et j'avais le sentiment qu'elle me parlait d'égale à égale, alors qu'elle devait avoir trois fois mon âge. Elle m'appelait par mon prénom qu'elle trouvait merveilleux, à cause de la chanson de Mireille. À la différence de Camille, c'était vrai, elle me l'avait chantonnée en s'excusant de chanter faux.

Il n'y avait personne ce jour-là en salle de travail, que mon Grec de banlieue qui tournait en rond devant la machine à café et moi qui soufflait comme un bœuf sur ma table d'accouchement.

J'avais eu droit à une dose de morphine, et j'avais été téléportée en un quart d'heure de l'enfer de Dante à la fumerie d'opium de Pearl Buck. Je ne me souviens pas vraiment de l'expulsion. Je ne me rappelle que des sanglots de bonheur de Théo, de la façon empruntée dont il tenait sa fille, comme si elle était en verre de Murano.

Camille était venue me voir le lendemain de l'accouchement, avec Françoise et un homme qu'elle avait présenté comme son nouveau compagnon.

Ses premiers mots avaient été :

« Olympe ? Non mais tu te prends pour qui ? »

Néanmoins, j'avais senti en elle une certaine tendresse pour ce bébé, ou peut-être même pour moi. Elle avait levé le drapeau blanc autour de cette naissance, j'étais heureuse. Je lisais parfois, dans son regard sur ma fille, une douceur inconnue pour moi. J'en arrivais même à ne plus être jalouse de Françoise : elle m'avait apporté une belle peluche, un lapin blanc immaculé et soyeux comme une pêche de vigne. Je l'avais embrassée et avec une réelle affection.

À mon retour au studio, en plus de jouer les maîtresses de maison, je jouais à la poupée. J'avais seize ans, j'étais encore une enfant, ma vie était simple, exclusivement réglée sur mon Théo et ma fille. Je jouissais des moments où j'allais la chercher dans son berceau, pleurante et la couche sale, jusqu'au moment de la recoucher

rose et fraîche dans un lit de draps blancs que j'avais brodés avec difficulté de ses initiales. J'avais souvent le sentiment de la ranger dans sa poussette avant de sortir. Je la bordais bien pour ne pas qu'elle ait froid, et j'allais au square. Rien ne me plaisait plus que lorsqu'un passant me faisait des compliments sur ma fille : je rayonnais d'orgueil.

Je rentrais ensuite préparer le repas, j'attendais Théo mon Ulysse sur le balcon, et mon cœur explosait de joie au son de la moto. Je mettais un point d'honneur à continuer à fleurir son bureau, à m'occuper de lui, à lui offrir une maison propre et accueillante. Je continuais à l'embrasser, à le caresser, à le cajoler, conformément à ce que j'avais appris aux cours de préparation à l'accouchement : il fallait, après une naissance, cultiver l'amour comme une orchidée fragile. J'appliquais tout ce que j'avais entendu ou lu à la lettre, je voulais réussir mon examen de maman.

Ma condition de femme au foyer ulcérait Camille qui me demandait toujours quand j'en aurais fini de jouer les bobonnes et si je comptais, un jour ou l'autre, retourner à mes études ou pour le moins travailler. Elle me faisait de grands discours politiques, parlait d'« appauvrissement intellectuel », de « libération de la femme » que je foulais aux pieds. L'accalmie entre nous avait été de courte durée, elle me reprochait mon manque d'ambition et attendait avec un agacement palpable que je sorte de ma

condition inféodée. Elle avait du mépris pour ma vie et restait sourde à ma chanson du bonheur. Elle finissait toujours la conversation par cette phrase péremptoire :

« Les femmes de ma génération se sont battues pour sortir de la condition où tu te places. Tu me fais honte, Paloma. »

Mon bonheur fut bref. Théo mourut un soir de mars en revenant du travail, à cause d'une bruine de printemps, de sa vitesse excessive et du déboîtement sans clignotant d'un automobiliste. Pimpon avait six mois et ce fut grâce à elle que je ne basculai pas dans la folie. J'ai continué à vivre pour elle, par elle. Je suis entrée à l'hôpital par la petite porte, comme simple agent de service, pour continuer à manger. La vie devint pour moi une succession d'épreuves, un Everest de difficultés, et lorsque je posais Pimpon dans sa poussette, c'était pour courir chez la gardienne. Je trimbalais ma fille encore en pyjama, sans avoir pu la réveiller correctement, à six heures du matin. Je n'ai plus jamais eu le loisir d'attendre. J'avais toutes les peines du monde à laisser ma fille à garder, j'avais le sentiment de l'abandonner.

Une collègue syndicaliste me vanta les mérites de la formation professionnelle et, motivée par la possibilité de fins de mois plus sereines, je repris des études. Avec mon diplôme d'aide-soignante, ma vie devint un peu plus supportable grâce aux roulements de nuit : j'étais

beaucoup mieux payée même s'il n'y avait pas vraiment de quoi pavoiser. Mais ce n'était pas là le plus important : avec mes nouveaux horaires, j'avais le sentiment d'être comme une mère au foyer, je pouvais coucher Pimpon avant d'aller travailler et je rentrais avant qu'elle ne s'éveille, l'étudiante qui la gardait la nuit pouvait dormir sur ces deux oreilles. Je pouvais de même faire les trajets pour l'école, j'étais là le matin et lors de la sortie, l'après-midi. Côté travail, laver des corps était plus valorisant que laver des sols, je pouvais parler avec les patients, tisser des liens d'amitié parfois. L'hôpital était la famille qui me manquait, une grosse famille un peu dévorante, mais aimée. Je continuais ma progression et au bout de quelques années je suis passée infirmière, toujours par cette même formation professionnelle.

J'ai acheté un petit appartement en banlieue, et je suis devenue un mouton docile, du troupeau de ceux qui travaillent pour vivre et vivent pour travailler.

Camille, elle, était contente de ma progression sociale, puisque, à ses yeux, j'avais quitté cet enfermement indigne dans lequel je m'étais complu avec Théo. Peu lui importait que mon cœur fût brisé à jamais et qu'encore des années après un simple ronronnement de moto lointain m'éveille au milieu de la nuit, pleine d'un espoir impossible. Elle se moquait que ma vie se résume à une organisation de tous les instants

pour « chercher Pimpon », « poser Pimpon », « nourrir Pimpon ». Je n'eus plus jamais le temps d'aller voler des fleurs aux Batignolles.

Pour Camille, seul le résultat était à prendre en compte : j'étais devenue infirmière, c'était *quand même pas mal.*

Le lendemain, le camion est arrivé en retard, les deux déménageurs avaient erré sur des petites routes et s'étaient trompés plusieurs fois avant de trouver le village. Ils se sentaient au bout du monde et n'avaient qu'une idée en tête : rentrer chez eux. Ils étaient bougons, et même les croissants chauds et le café de la Thermos n'arrivaient pas à les dérider.

« Vous allez vraiment vivre là ? » répétaient-ils à tour de rôle toutes les cinq minutes, sceptiques.

Nous avons vite déchargé, à midi tout était fini. Une table dans la cuisine, quelques chaises, un peu de vaisselle, la banquette sous la fenêtre, les lits côte à côte dans une pièce du fond : la maison ressemblait à une vieille gare désaffectée, notre mobilier ne remplissait rien. Quand tu es venu la première fois, Jacques, j'avais déjà passé un hiver, c'était beaucoup plus meublé, tu aurais été surpris si tu avais vu de quoi nous sommes parties. Il faisait un froid transfixant à l'intérieur malgré les fenêtres grandes ouvertes sur le soleil

et la douceur printanière. Je n'ai pas eu le courage de rester une fois les meubles en place, j'ai proposé à Pimpon de redescendre à l'hôtel. Je me forçais à faire bonne figure devant ma fille et j'arrivais tout juste à réprimer mon envie de pleurer. J'avais surtout peur, en me laissant aller, de ne pas arriver à fermer les vannes du doute et de l'inquiétude. Je crois qu'à ce moment précis j'ai envisagé de repartir le lendemain pour Paris.

Heureusement, au bar de l'hôtel, il faisait bien chaud, c'était agréable de s'asseoir dans la salle principale où le patron nous avait installées. Tu sais comme Patrick peut être convivial, quand il est heureux. Dès le premier jour il nous avait tutoyées et le lendemain il nous avait accueillies comme des habituées de longue date.

L'avantage du bar, c'est que tout le monde y passait et que les gens venaient à vous spontanément. En deux heures, j'avais trouvé du bois à mettre dans ma cuisinière, des adresses pour les matériaux de bricolage, un tracteur pour retourner mon jardin et le nom d'un gars du village pour la peinture et les travaux de rénovation.

Patrick surveillait toutes les conversations et me donnait des conseils avisés :

« Fais gaffe pour le bois, la bûche de 50 c'est bien, mais si ça se trouve, ta cuisinière, elle ne prend pas plus que du 30, et là, c'est un peu plus cher. N'embauche pas Alain pour tes travaux, il picole trop. Après onze heures du matin tu ne peux plus rien lui demander, il est caisse.

Je connais quelqu'un de bien pour ton toit : Jacques T. C'est un gars d'ici, tu peux lui faire confiance. Maintenant, il a une entreprise à Alès, mais il vient souvent jusque chez nous. Voilà le numéro. Ce type, c'est un bon. »

Jacques T. C'était la première fois que j'entendais ton nom. J'ai rangé tes coordonnées dans mon sac, avec celles des Raoul, Christian, Jérémy.

Patrick avait proposé l'apéritif maison, son kir royal à la châtaigne, celui dont il est si fier. Je me suis demandé si c'était le même qu'avait bu Camille, celui qui lui avait tourné la tête. Ils la collaient vraiment partout cette fameuse châtaigne cévenole qui les avait sauvés de la famine dans le temps. Pimpon et moi nous nous étions répandues en compliment sur son apéritif, Patrick était devenu épais de la poitrine. Encore aujourd'hui, c'est la couleur de ce mélange qui me plaît, bien plus que son goût. J'ai toujours l'impression d'avoir enfermé dans mon verre la forêt du matin. Je ne peux pas le boire sans penser à Camille.

Au bar, de vieux messieurs passaient en bleu de travail d'un autre âge et nous regardaient sans détour, certains nous apostrophaient, curieux de savoir ce que l'on pouvait bien faire ici, avant la saison des touristes. Je parlais de la maison, et je sentais bien qu'il y avait du contentement de savoir que la vie reprenait là-haut. Je percevais qu'il y avait un peu de méfiance aussi, qu'on se demandait si j'allais tenir le coup, toute

seule. Une femme, sans homme, tu penses. Une Parisienne, en plus. Ils nous détestaient franchement ces Cévenols de souche, nous appelaient les « Tout vu, tout fait », puisque nous avions soi-disant la désagréable habitude de ne parler que de nous et de nos expériences. Je pensais à ma grand-mère, et je me disais qu'elle n'avait pas dû redorer le blason parisien avec son parapluie-ombrelle et son écran total. J'avais du pain sur la planche pour dissiper des siècles de méfiance et m'insérer socialement.

Après le kir, il y avait une soupe, une bonne soupe fumante où nageaient quelques châtaignes, là encore. Puis un ragoût de mouton mijoté depuis des lustres, dans lequel Pimpon trempait des bouts de pain gris longs comme la main.

« C'est trop bon, Patrick !

— Ça va te remplumer un peu, gazelle. »

Avec la bouteille de vin d'Ardèche que j'avais bue à moi seule, j'avais dormi d'un sommeil lourd et réparateur, et ronflé comme un diesel. Pimpon avait mis ses boules Quies.

Les jours qui ont suivi, j'ai commencé les travaux. Je m'étais fait livrer le bois, de la bûche de 30, Patrick avait vu juste. La cuisinière était le centre du monde, je cuisinais dessus, Pimpon travaillait tout contre.

Dans ma chambre, il y avait des fenêtres sur deux côtés. Au sud, la vue s'étendait loin sur la vallée et les montagnes, tandis qu'à l'ouest

elle donnait sur la petite maison de Rose. À heure fixe, Yoda-Wickette sortait dormir dans une tache de soleil, sur la route. Elle m'avait fait une peur bleue la première fois que je l'avais vue, affalée de tout son long au milieu de la chaussée. Je l'avais crue morte. Nous avions couru à son secours avec Pimpon, mais à notre approche, elle avait seulement levé la tête, grogné et aligné une rangée de minuscules crocs entartrés. Nous avions compris que la route lui appartenait.

À l'époque on devinait à peine les bancels, ils n'étaient pas fauchés comme maintenant. Avec ces terrasses qui grimpaient à l'assaut de la montagne, je me sentais moins isolée, je palpais la présence ancienne des hommes. Pour empêcher cette terre précieuse de dévaler dans la vallée avec les orages, ils avaient travaillé comme des forçats. Ils avaient gagné des potagers et des prairies entières sur la montagne. J'imaginais souvent, au petit matin, en fumant ma cigarette assise sur le chambranle à la peinture écaillée, leurs fantômes me saluer de loin, un outil sur l'épaule, un béret sur la tête.

J'avais commencé par m'occuper de la chambre de Pimpon, je voulais qu'elle retourne à Paris avec une idée plus précise et accueillante de son nouveau chez-elle. J'avais pu finir avant de la ramener au bus, à Alès. Elle avait choisi un blanc cassé pour la peinture, qui avait réveillé d'une clarté mauresque les vieux murs enfumés.

« Demain, si tu veux, nous irons à Montpellier. Ton lit étroit fait trop ridicule. Nous allons t'acheter un lit à deux places, tu es une jeune femme maintenant, Pimpon. Il te faut aussi un nouveau bureau, le tien date du CM2. Nous en profiterons pour nous goinfrer de hot dogs à la moutarde suédoise.

— Fais gaffe, Mamounette, si tu me fais une chambre trop belle, je ne voudrais plus jamais retourner à Paris, même pas pour finir mes études. »

Elle était tout de même repartie, et si la première soirée seule avait été difficile, j'avais eu de quoi oublier ma solitude avec la suite des travaux.

Je me mettais la radio, façon peintre professionnel, une station qui diffusait des tubes des années quatre-vingt, que je chantais à tue-tête. Je suis sûre que Rose devait m'entendre et me maudire. Je ne la voyais quasiment jamais, le petit sarment était plus que discret. Elle montait invariablement à son jardin le matin et le soir, avec un arrosoir d'eau pour ses légumes et l'abominable Yoda-Wickette sur ses talons. Rose faisait des pauses pour l'attendre et l'encourager, elle lui parlait comme à une enfant. Elle me saluait de loin, et je répondais par un tonitruant bonjour, nous nous contentions de ça toutes les deux. Je me doutais que l'été nous rapprocherait.

Je m'occupais de l'extérieur quand le plâtre, le ponçage ou la peinture me sortaient par les

yeux. J'avais retrouvé de beaux escaliers en pierre sous le sentier qui menait à la porte d'entrée. Titanesque, ce chantier. Mais je prenais mon temps : il y avait quelque chose de particulièrement jouissif à faire une marche après l'autre, de retrouver les pierres sous la terre. Champollion n'avait pas dû être plus heureux que moi en découvrant la sienne.

Les murets me posaient plus de souci. Je n'arrivais pas à faire aussi bien que les anciens. Il me manquait des pierres et ça ne tenait pas, je ne maîtrisais pas la technique. Je pensais, à tort, qu'il fallait que je cimente un peu.

Tu sais que c'est Rose qui m'a appris ? Elle m'a montré un matin, agacée de me voir saboter le boulot. C'est la championne du muret, Rose. Elle a un talent d'ingénieur des Ponts et Chaussées. Elle rigole, quand je le lui dis, tu sais, de son rire silencieux qui fait juste des petits soupirs. Mais blague à part, pour les murets, elle fait du Vauban, Rose.

Je coupais le lierre qui rongeait les pierres, et s'introduisait entre les schistes pour faire exploser l'alignement. Le plus agréable, c'était de regarder par la fenêtre en revenant dans la cuisine, le dos cassé par deux heures passées à gratter : il y avait un avant et un après. Les orages de printemps achevaient mon travail, et il n'était pas rare que le matin, quand le soleil réapparaissait après avoir vaincu la brume, mes pierres défrichées brillent comme des sous neufs. Je n'avais pas encore Jo pour les gros travaux. Je

ne savais pas encore que tu m'apporterais ce fils dont la vie m'avait privée. On ne perçoit pas consciemment comment certaines personnes vous manquent avant de les connaître, on devine juste, une fois qu'on les a rencontrées, qu'on ne pourra plus jamais vivre sans elles.

J'ai toujours pensé que tu étais entrée en moi dès cette première fois avec cet homme. Je ne sais pas pourquoi mon corps a accepté tout de suite de germer, comment il a transformé ce néant d'amour en enfant. Nous devrions, nous les femmes, être prêtes psychiquement pour être fécondes, il nous faudrait dire oui *en pensée, avant de nous laisser coloniser. Il pourrait en être de même pour les hommes pour une égalité parfaite : ils décideraient eux aussi de la performance de leur semence. La nature est injuste ou particulièrement cruelle : elle refuse les enfants à ceux dont c'est le seul rêve et les impose à d'autres qui n'ont que faire de cette responsabilité, ou qui n'ont simplement pas d'amour à donner.*

Je n'ai rien senti, même confusément, de ce qui se passait en moi. Nous avons quitté le village et la vie a repris sans que je fasse le diagnostic. J'ai continué à avoir mes règles, je n'ai pas grossi, ni ressenti ces fameux signes sympathiques de grossesse. Je suis restée une petite fille, avec une autre petite fille en moi. Je n'ai rien deviné, mais comment aurais-je pu ?

Comment aurais-je pu penser l'impensable ? Imaginer l'inimaginable ?

À huit mois de grossesse, des douleurs abdominales atroces m'ont poussée à parler à maman, je croyais avoir une terrible indigestion, je vomissais, j'avais des vertiges et cette douleur par intermittence qui me labourait les reins. Maman m'a prise au sérieux et, craignant une appendicite, m'a emmenée aux urgences, et j'ai accouché là-bas, sous l'œil médusé d'un interne qui n'avait jamais fait d'accouchement de sa vie. J'ai accouché comme une bête, tétanisée par la peur, la douleur, la violence, seule au milieu de la foule anonyme.

Mon bébé est né, sous les hurlements de maman qui, après quelques minutes de sidération, m'a traitée de salope, de pauvre fille, de moins-que-rien, et elle répétait en boucle : comment as-tu pu « me » *faire ça.*

Il n'y a eu personne pour me tenir la main, pas de femme rassurante pour m'expliquer la douleur, la terreur qui me prenait par les cheveux, par le ventre, par le corps tout entier. Il n'y a pas eu de regard compréhensif, pas de bouche apaisante pour me murmurer que je ne mourrais pas, que ce qui m'arrivait, d'autres avant moi l'avaient vécu, et qu'elles en étaient revenues. Je suis restée seule avec l'impression que mon sexe s'ouvrait en deux et que tout le contenu de mon corps allait s'échapper, d'un seul coup, en un flot de viscères et de sang, pour accoucher d'un monstre effrayant.

Papa, sommé de venir, n'avait pas su quoi dire. Je me le rappelle, encore aujourd'hui, au pied de mon

lit, les épaules affaissées, sous les cris de maman qui n'avaient pas cessé. Elle s'en prenait à lui à présent puisqu'elle ne trouvait pas en moi d'échos à sa rage. C'était de sa faute, puisqu'il m'avait toujours tout donné, pardonné. J'étais son résultat, la médaille de son éducation laxiste. Papa avait alors murmuré en me regardant : ce n'est pas si grave, c'est juste une petite fille. Je n'avais pas su distinguer de qui il parlait vraiment, de moi ou de mon bébé.

Je n'ai rencontré ma fille que deux jours plus tard, on me l'a rendue après une courte hospitalisation en néonatalogie. Pendant deux jours j'avais vécu sans elle, sans nouvelle puisque je n'en réclamais pas. Je regardais la télévision, j'étais seule, je mangeais à heure fixe, j'étais plutôt bien, c'était comme s'il ne s'était rien passé. Le troisième matin, les puéricultrices, surchargées de travail, sont entrées dans ma chambre et m'ont collé dans les bras un bébé sans prendre le temps de nous présenter l'un à l'autre. Je devais patienter, en attendant qu'on me montre « comment donner le bain ». C'était une petite boule nerveuse, quelque chose de dur et de tendu, qui s'agitait et griffait l'air de mouvements désordonnés. J'étais restée là, muette, à tenir un bébé, qui n'était pas le mien. Je n'avais pas osé dire non, que je n'en voulais pas. Je ne veux pas de cette chose qui est venue en moi sans que je le décide. Et puis j'avais baissé les yeux. C'était une petite fille, fragile, qui me ressemblait par l'inquiétude, du moins je le supposais. Les yeux fermés. Elle non plus, elle ne voulait pas regarder toute cette merde qui lui tombait dessus sans l'avoir décidé. J'ai pensé

qu'elle attendait. Un geste peut-être, une parole, une caresse, pour savoir si elle devait se refermer comme une huître ou s'ouvrir au monde.

« Bonjour, Paloma. »

Deux jours qu'on me tannait pour te donner un prénom. Il était venu au monde, aussi abruptement que celle à qui il était destiné. Paloma, parce que c'était la seule parole compréhensible que j'avais entendue de la bouche de ton père, la seule amorce de communication entre nous : un soir où j'avais craint d'entendre quelqu'un au-dehors, il m'avait fait signe que non, pointé un doigt sur le toit et il avait dit : Paloma.

Puisque enfin elle entendait la voix de sa mère, cette colombe a soupiré. Du moins je l'ai cru. Tu as ouvert les yeux et je t'ai vue.

La cérémonie du bain avait été une vraie torture, je tenais à peine debout, c'était long et fatigant pour toi comme pour moi. La puéricultrice me parlait comme si j'étais idiote et répétait « vous êtes si jeune » toutes les deux minutes. Elle conversait avec toi par-dessus mon épaule, te donnait du mademoiselle et de la troisième personne, bêtifiait en permanence. J'avais été docile malgré ma rage et ma fatigue.

J'avais pu donner le bain seule les jours suivants, mais je te touchais avec dégoût et te déshabillais mécaniquement. Ce n'est que beaucoup plus tard que j'ai pu le faire avec un peu plus de tendresse, seule dans le petit studio que l'assistante sociale avait trouvé pour moi. Un vingt mètres carrés avec une douche. Pas de baignoire pour bébé. Alors je me suis déshabillée, et

quand l'eau a été suffisamment chaude, je t'ai prise contre moi pour te savonner. J'ai pris un temps infini pour, morceau après morceau, te découvrir enfin. Je te touchais, je faisais ce que je voulais, il n'y avait personne pour nous surveiller. J'avais le choix. Je pouvais t'étrangler pour en finir avec toi. Tu ne bougeais pas, comme si tu savais que ta vie tenait à peu de chose. Tu avais les yeux ouverts et fixes, ton regard me semblait immense et dévorant. Les yeux de ton père, noirs et profonds, mais vides d'amour pour moi, juste écarquillés d'effroi. Tu étais la colombe sur le toit.

J'ai finalement trouvé les mots. J'ai raconté la baraque noire et les châtaigniers, les pierres et les volets, le matériel entreposé là, l'homme qui m'avait fécondée, son sexe que je n'avais jamais vu, sa jouissance et mon étonnement. J'ai raconté la vraie histoire, et j'ai pleuré longuement sous l'eau de la douche. J'ai fait le serment de t'aimer, puisque tu n'avais pas choisi, promis d'essayer.

Je n'ai pas tenu ma promesse, Paloma, je n'ai pas pu, je ne t'ai jamais aimée.

Parallèlement aux travaux dans la maison, j'avais commencé à organiser ma reconversion professionnelle en infirmière libérale. La crainte de ne pas y arriver m'avait valu quelques crises d'angoisse monumentales, mais il y avait du potentiel, une clientèle qui n'attendait que moi. Les premières concurrentes étaient installées dans la vallée, elles ne montaient que rarement sur les hauteurs et avaient accueilli avec chaleur l'annonce de mon installation. Au téléphone, elles m'avaient invitée à venir boire un café, un jour de marché. J'étais descendue pour me présenter. Les deux femmes, d'une cinquantaine d'années, m'avaient donné quelques astuces pour ne pas me laisser ronger par la paperasserie qui menaçait d'être compliquée. Nous étions convenues que je pouvais les appeler en cas de difficultés et que nous pourrions nous remplacer un peu, le cas échéant.

J'avais espoir de récupérer Éliane aussi : à Paris, nous formions un duo d'enfer. C'était mon

aide-soignante. Je disais *mon*, mais elle disait *mon* infirmière. Nous nous connaissions par cœur, intimement et professionnellement. Les longues nuits de travail nous avaient rapprochées au fil du temps. Elle me donnait un coup de main pour les tensions quand la tournée des chambres avait été trop longue, je passais la serpillière quand elle était venue bosser malgré tout, avec quarante de fièvre, ou qu'elle était débordée. Les week-ends, quand les nuits étaient moins chargées, nous nous allongions dans les fauteuils de la salle de repos et nous discutions de tout et de rien. Je connaissais sa famille sur le bout des doigts, je suivais les mariages, les divorces, les naissances, les mille et un évènements qui m'en faisaient distinguer chaque membre, mieux que si j'avais partagé avec eux bon nombre de repas dominicaux. Je les nommais par leurs prénoms ou par les surnoms dont je les avais affublés, en rapport avec le trait sur lequel Éliane avait insisté, sans toujours s'en rendre compte. Je demandais donc, pour plus de compréhension : « Ton frère lequel ? Le gros ? Ou le mari de la méchante ? Ta nièce, celle qui fume trop ? Ou celle qui travaille chez Renault ? »

Le plus divertissant pour moi était ses affaires sentimentales. Éliane était pulpeuse, avec une carnation de crème fouettée. Elle affichait une naïveté extrême, qui pouvait au premier abord passer pour de la bêtise, si on ne prenait pas le temps de s'en étonner. Elle sentait toujours incroyablement bon et elle savait choisir

l'accessoire ou le maquillage qui la mettait en valeur. Elle s'habillait de robes légères, se coiffait à la va-vite sans discipliner ses longues mèches blondes, et son aspect général donnait toujours l'idée qu'elle était en retard et que sa beauté était singulièrement naturelle.

Elle poursuivait une quête amoureuse et son Graal se nommait l'*Homme de sa vie*. Sa candeur faisait d'elle une proie pour les crétins, les types mariés, les salauds, qu'elle ne repérait jamais. Il suffisait de lui dire qu'on l'aimait : elle y croyait. Elle pensait de plus avoir compris que les hommes étaient *tous les mêmes* et que la seule chose qui les intéressait était le sexe. Elle avait donc acquis une certaine pratique et elle me donnait parfois des conseils qui me mettaient mal à l'aise, me jugeant bien incapable d'une telle maîtrise. Je sentais confusément que tout son discours trivial et très expert concernant la gent masculine ne servait au fond qu'à cacher un grand romantisme et une idée tout à fait surannée du prince charmant.

Éliane ne se remettait pas de mon départ. Elle m'appelait tous les deux jours, dans l'espoir que mon escapade à la campagne ne soit qu'une aventure sans lendemain et que je me lasse rapidement de mes montagnes et de toute cette solitude. Elle finissait invariablement la conversation par un :

« Bon, tu rentres quand ? »

Je riais, et je lui parlais de la vie « au bled ».

Je sentais que je faisais mouche. Surtout quand j'évoquais les hommes.

« Tu te plairais ici, Éliane : des célibataires, il n'y a que ça. Des mecs abandonnés, qui n'ont pas vu une femme digne de ce nom depuis des années. Des affamés d'amour, des *hors sexe*. Des types que la solitude a commencé d'attaquer, qui vacillent comme des petits malfrats au quartier d'isolement. Tu pourrais sauver un paquet de types de la masturbation et de la dépression, Éliane. Ici, vraiment, tu ferais un tabac. »

J'avais déjà déballé mon couplet sur le travail, elle savait qu'il y en avait, et pas qu'un peu. Depuis quelque temps elle ne riait plus de la même façon, elle commençait à se projeter dans un futur à la campagne, l'idée faisait son chemin.

« C'est sûr que Paris ne me manquerait pas, j'ai encore mis une heure de plus avec le métro ce matin, à cause d'une grève impromptue. Je ne te dis pas le savon que m'a passé la surveillante. Je ne me suis pas laissé faire, j'ai proposé qu'elle vienne me chercher à La Garenne ou qu'elle me paye suffisamment pour que je puisse louer un F2 à côté de l'hôpital. Je n'en peux plus, je te jure. La nuit, je suis avec Josiane maintenant, tu vois un peu si je m'éclate. Cette fille, elle a vu la Vierge. Tu sais que pendant les pauses, elle lit la Bible ? Je n'en peux plus, ma Palo, tu me manques trop, je crois bien que je vais débarquer dans ta cambrousse, un de ces quatre matins. »

Je m'étais présentée à Philippe, le médecin du village, dès le mois d'avril, quand les cistes à feuilles de sauge fleurissent sur les talus. Même si je l'avais croisé plusieurs fois chez Patrick, j'avais pris rendez-vous à son cabinet, pour un entretien plus solennel.

Je l'ai apprécié d'emblée. C'était un grand type sympathique, un bon médecin, au diagnostic précis, au contact humain facile. Il possédait cette intelligence sociale qui ne s'invente pas, celle qu'on détient comme un don. Il allait et venait dans son monstrueux pick-up, toujours terreux, et rempli de trucs utiles à l'arrière, sous une bâche. Les vieux l'appelaient l'*Américain*, à cause de sa grosse voiture bien sûr, mais surtout parce qu'il ne pouvait pas s'empêcher de clamer un tonitruant « *hello everybody* » en lieu et place du traditionnel « bonjour » quand il entrait chez les gens. Tu sais comme ça m'agace. Toi, ça te fait toujours glousser, moi je trouve ça superbement débile, et il le sait. Le pire, c'est que maintenant il continue à le brailler en arrivant, mais qu'il rajoute toujours un petit « s'cuse, Palo » à mon intention, qui fait que, de surcroît, je me sens méchante comme la gale.

J'ai commencé mon activité plus tard que prévu, au début du mois de juin. J'ai eu très rapidement du succès. Ce n'était pas que j'étais plus exceptionnelle qu'une autre, c'était que j'avais le mérite d'être là. Le plus gros de mon travail

était – comme me l'avaient prédit les collègues de Saint-Jean dans la vallée – des toilettes de malades, des levers et des couchers de personnes âgées, quelques petites injections, des pansements simples qui ne demandaient pas de technique particulière. Monter jusqu'à mes patients dont la moyenne d'âge était plutôt élevée était ma seule gloire. J'aurais pu être désagréable, ne pas prononcer une parole, ils auraient tout de même été contents. Voir quelqu'un. Quelqu'un qui viendrait, coûte que coûte, avec des nouvelles du village. On était presque heureux de son diabète, de son hypertension, d'être alité. Je venais quand je pouvais, je ne donnais jamais d'heure, parce que je n'évaluais qu'avec difficulté encore le temps passé sur la route, ou à tenir une main. Je savais qu'on m'attendrait de toute façon, et que, pour les plus valides, on laisserait simplement retomber le rideau à mon approche, parce qu'on m'avait guettée toute la matinée, qu'on avait fait des hypothèses sur l'heure de ma venue, en fonction de la pluie, du soleil réapparu. On m'accordait toutes les excuses du monde, et si je n'en avais pas de réellement valables, on les inventait pour moi.

Je passais tous les jours s'il le fallait, et parfois même s'il ne le fallait pas, parce que j'étais dans le coin. Le facteur, avec les restructurations de la Poste, ne passait plus que s'il avait quelque chose à mettre dans les boîtes aux lettres, ou si des héritiers avaient acheté le service. Le passage était devenu payant, la solidarité, la tendresse

avaient désormais un prix sonnant et trébuchant. La rentabilité, la facturation à l'acte comme à l'hôpital généraient dans les campagnes de l'abandon et de la détresse, pour les facteurs comme pour les malades.

Finalement, ce qui changeait le plus ici, c'est que le temps n'avait plus la même fulgurance qu'en ville. On savait que pour obtenir quelque chose il ne suffisait plus de cliquer sur une souris, ou de trépigner. J'apprenais la patience moi aussi. Je perdais de longues minutes à laver, à essuyer, à masser. J'appelais chacun de mes patients par son prénom. J'ai toujours détesté cette habitude de certaines collègues de traiter les gens de « mamie » ou de « grand-père » dès qu'ils avaient dépassé un certain âge. Mamie. Ridicule, puisqu'on ne sait jamais si les gens ont des petits-enfants. Tellement réducteur, comme si la personnalité tenait exclusivement à la capacité d'engendrer. Je préférais les Gaston, les Jeanne, les Simone, tous ces prénoms qui forgeaient une individualité, un caractère. J'adorais dire : « On se lève aujourd'hui, Germaine, on ne fait pas sa timorée. » Germaine grognait, mais resplendissait de plaisir lorsque j'avais réussi cahin-caha à la traîner jusqu'au fauteuil devant la fenêtre. Pendant que je refaisais son lit, elle pouvait voir son jardin, sa montagne et se recouchait épuisée mais heureuse. Je m'autorisais des détails impossibles à l'hôpital : je coupais les ongles de pied déviants, réduisais des sourcils broussailleux, lavais des cheveux secs et

fourchus. J'étais la reine de l'escarre, la baronne de la mycose, l'impératrice du massage. Je me délectais de donner un peu d'attention à ces corps abîmés, usés et douloureux.

La nudité les rendait fragiles, ils éprouvaient le besoin de parler. Il y avait toujours, dans ce monde de solitude, la question du désir, de l'envie, du sexe, que la vie éloignée de tout et la mort toute proche rendaient plus importants encore.

Parfois, je restais confondue quand ce désir charnel encore présent émergeait, a priori par hasard, quand je m'y attendais le moins. Un après-midi ensoleillé, Rolande, qui venait de fêter ses quatre-vingt-douze ans et alors que je soulevais le drap avec précaution pour commencer sa toilette, m'avait demandé de but en blanc :

« Je voudrais voir un sexe d'homme.

— Qu'est-ce que vous me chantez là, Rolande ? »

Elle restait les yeux fixes et durs, avec une moue d'enfant capricieux.

« Je voudrais voir un sexe d'homme avant de mourir. Je n'ai jamais vu de sexe d'homme. »

J'avais fait semblant de ne pas comprendre, c'était la première fois qu'on me demandait une chose pareille. Une femme en plus, j'avais pensé que les questions liées au sexe étaient exclusivement masculines : il n'était pas rare que de vieux patients vous demandent ce que vous portiez sous votre blouse, ou essayent de voir vos seins.

« Vous n'êtes pas bien, Rolande, aujourd'hui.

Ce doit être le soleil trop fort qui vous chagrine. Je demanderai à l'Américain qu'il passe pour ajuster votre traitement, que vous pensiez à des choses plus sensées.

— Je n'ai pas besoin du docteur, je n'ai pas besoin de traitement, j'ai juste besoin de voir un sexe d'homme. En érection, si possible. »

J'ai réfléchi. J'ai pensé à Éliane, j'étais sûre que ça ne lui aurait pas posé de problème, ce genre de demande : elle aurait raconté à Rolande toute l'anatomie masculine, tout son mode d'emploi.

« Bon, je peux vous trouver des journaux. Oui, je vous monterai des journaux, avec des tas de sexes d'homme. Il y en aura tellement que vous friserez l'overdose. Mais je vous avertis, ce sont des journaux qui ne sont pas spécialement pour les femmes, c'est plutôt des journaux pour les hommes qui aiment les hommes.

— Les femmes n'ont pas de journaux pour elles ?

— Je ne sais pas, Rolande, je n'en ai jamais vu. Mais ce serait peut-être un concept à lancer.

— Prenez sur l'argent du pain pour payer, dans le porte-monnaie sur le buffet. Le pain, je n'en mange plus, la croûte est trop dure, j'ai trop mal aux gencives. »

J'ai attendu pour lui montrer les journaux un de ces funestes matins où elle ne voulait pas se lever, où elle voulait mourir. Ils n'ont que cela pour vous menacer, ces vieux pour qui le

suicide est matériellement impossible : une mort consentie, voulue, imminente, venue sur leur demande pour nous confondre de remords, nous, les soignants, la famille, pour nous punir de ne pas avoir accompli leurs dernières volontés, si futiles soient-elles.

« Arrêtez de faire la capricieuse, vilaine que vous êtes. Si vous vous levez sans faire d'histoire et que vous restez un peu au fauteuil, je vous montrerai les journaux que j'ai achetés. »

Elle avait tourné les pages une à une avec délicatesse. Elle n'avait rien dit. Ce n'est qu'une fois recouchée et alors que j'allais partir, que j'étais presque sur le pas de la porte, que Rolande m'avait dit dans un souffle :

« J'ai quand même dû passer à côté de quelque chose. »

Et puis tu es venu, Jacques, enfin. J'ai tout de même attendu un an là-haut avant que tu n'apparaisses. Un an de solitude qui m'a paru cent, à l'image de García Márquez. Je crois me souvenir de cette journée comme si un Boeing s'était écrasé à nouveau sur New York : on m'avait appelée pour me dire que le patron en personne viendrait sûrement dans l'après-midi. J'avais envie de passer un savon à mon interlocuteur : il me promettait la venue d'un charpentier depuis plus de quinze jours. Je suis restée calme néanmoins, je savais que je n'avais d'autre choix que d'attendre. Tu es le seul entrepreneur fiable de la région, tu es connu pour ta rigueur, ta précision, ton beau travail à l'ancienne. Je ne pouvais pas revivre un hiver comme celui que je venais d'endurer : ma maison était humide, froide, le vent et la grêle s'y invitaient, je gelais, dès que je m'éloignais de ma cuisinière. Je me levais la nuit quand il pleuvait pour installer des seaux sous les fuites. Le toit avait perdu de ses

tuiles en pierre, ces fameuses lauzes qui font ta renommée. Si je m'étais improvisée plâtrier, peintre, carreleur, c'était impossible d'envisager couvreur.

Au téléphone, l'homme s'était excusé du retard, en précisant que le charpentier chargé du devis avait dû être hospitalisé. Je n'ai pas cru une seule seconde à ce dernier contretemps, jusqu'à ce qu'il ajoute « à l'hôpital psychiatrique ». Ça m'a calmée net. Il ne pouvait pas l'inventer, on dit que sa grand-mère est morte, que son gamin est malade, mais on n'invente pas « psychiatrique ».

Ça te faisait plaisir, au fond, de venir toi-même, de faire un détour par le village de ton enfance. Tu te souvenais des jours sans école, où tu montais avec Maurice sur le mont Mars construire des cabanes dans les anciennes tombes étrusques. À cette époque-là, personne ne s'y intéressait. Du sommet, le paysage était fabuleux, vous vous croyiez les maîtres du monde, la vue embrassait les vallées cévenoles, où se nichaient des hameaux hors du temps. Vous passiez vos journées à fabriquer des armes, des arcs, des couteaux en schiste tranchant, pour repousser l'ennemi. Ennemi qui ne venait jamais dans votre désert des Tartares, sûrement mis au courant de votre formidable armement par quelques espions du village, venus nuitamment. Faute de gorges à trancher, vous vous vengiez sur de pauvres petits oiseaux, les geais

particulièrement. Vous en preniez rarement, mais si grâce à la fortune vous finissiez par en attraper un, c'était alors votre victoire d'Arcole. Il s'ensuivait une soirée de fête, où vous faisiez banquet du pauvre oiseau plumé, farci de thym et finalement rôti sur un lit de branches de pins parfumées. Un plat de gourmet, rien que pour vous deux, dont vous reparliez souvent lors de grandes soirées mémorables. C'était à celui qui rajouterait le détail, le moment d'exception que vous aviez vécu et vous finissiez tous les deux par hocher la tête, dans un ravissement complet, abruti par le vin et les années qui passent. Vous vous quittiez toujours un peu mélancoliques, en vous promettant de retourner là-haut, sachant confusément que vous ne le feriez jamais. Tu lâchais tout pour ces soirées. Tu m'as raconté ces escapades tellement de fois, Jacques, que j'ai parfois l'impression de les avoir vécues. J'ai été un peu jalouse, je l'avoue, de cette amitié masculine, j'aurais tellement voulu appartenir à ta jeunesse, moi aussi. *Bang-Bang.*

Tu as perdu Maurice un matin de décembre, deux ans avant de me rencontrer. Son cœur a lâché, et il t'a laissé seul avec tes souvenirs au mont Mars. À l'enterrement, sa femme t'a donné une boîte à chaussures avec ton nom inscrit au stylo. Dedans, une partie de votre armement et quelques fragments de votre trésor de guerre : un collier d'os, des pierres scintillantes comme des diamants, une plume de geai et le cahier

où vous inscriviez avec une régularité de chef de gare vos moindres prises. Tu as beaucoup pleuré, dans ta voiture, sur le chemin du retour. J'ai tellement regretté de ne pas avoir été avec toi pour te consoler.

En t'attendant ce jour-là, je suis allée travailler, il n'y avait que ça à faire, et puis m'occuper des autres m'empêche de penser à moi. Mes petits vieux m'attendaient, dans leur solitude infernale. Cet hiver, ils n'avaient vu que moi, Philippe ne venait que quand je l'appelais. Mais j'étais néanmoins heureuse et très impatiente : je savais qu'Éliane arriverait bientôt.

Venir à la maison t'a semblé comme un retour aux sources, tu t'es senti léger et détendu. Tu t'es demandé pourquoi tu n'avais pas fait ce détour, depuis toutes ces années. Le ciel de mars était couvert, noir par endroits, mais c'était une fausse menace. On sentait bien qu'il ne pleuvrait pas. Que tout d'un coup, une grande tramontane balayerait tout ça d'un revers de main et que le ciel redeviendrait étincelant comme à l'accoutumée et qu'il obligerait à plisser les paupières pour ne pas être ébloui. Il y aurait ce scintillement sur les feuilles, ce rose encore prononcé des bruyères séchées d'hiver, et dans les endroits les plus protégés, exploseraient d'un jaune soutenu à l'extrême les genêts précoces.

La route courait devant toi, sinueuse, étroite, bordée de châtaigniers délaissés, malades pour

la plupart. On percevait encore les bancels des ancêtres, rongés par les ronces, éventrés d'éboulis, des sentiers envahis d'herbes hautes. Les genêts, la mort parfumée des Cévennes colonisaient les terres autrefois cultivées. C'était comme si la mélancolie des vallées profondes avait tout à coup rattrapé les hommes, et qu'ils avaient voulu en finir avec toute cette tristesse. Ils étaient partis à la ville, sous d'autres lumières artificielles, retrouver le monde, l'agitation, le bruit des conversations, la vitesse et la fièvre. S'oublier un peu, avec les autres qui viennent sans cesse faire effraction dans votre solitude, gagner un semblant de légitimité en se fondant dans la masse. Rejoindre la ruche, somme toute. Tu n'étais pas mieux que les autres, Jacques, toi qui avais renoncé dès tes dix-sept ans. Le mont Mars t'avait semblé tout à coup bien étriqué, tu avais rejoint la ruche toi aussi.

Tu ne t'étais pas vu arriver au village. Tout à coup, tu avais été sur la place, comme si tu te réveillais. Tu savais où aller, tu connaissais chaque pierre, chaque herbe, mieux que le GPS qui, lui, était perdu depuis longtemps. La route t'avait enfin entraîné un peu à l'écart du village devant ma belle maison noire, dont tu te souvenais.

C'est Pimpon, revenue pour les vacances, qui t'a aperçu en premier, elle a crié depuis sa chambre où elle travaillait :

« Mamounette, il y a une voiture sur la route, quelqu'un qui vient. »

J'ai couru vers toi, pleine d'espoir. Tu m'as fait un beau sourire.

« Bonjour, Madame. Jacques T., des entreprises T. charpentes et couvertures. »

J'étais pressée et je t'ai à peine dit bonjour. Je t'ai demandé de faire vite, Monique m'attendait pour sa toilette, j'étais déjà en retard, je savais qu'elle essayerait de se lever seule si je tardais trop. Je t'ai donné un quart d'heure.

« Un quart d'heure pour le devis d'une toiture complète ? Désolé, Madame, je ne sais pas faire.

— Si vous étiez venu plus tôt vous auriez eu tout votre temps. Voilà plusieurs jours, plusieurs semaines même, qu'on me promet votre passage.

— Heu... Vous êtes toujours aussi désagréable ou c'est un genre que vous vous donnez ? »

Je suis restée bouche bée. Tu t'étais redressé, et tu me regardais avec agacement. Tu calculais déjà que si tu tournais les talons, ça te laisserait le temps de passer voir tes parents au cimetière et de rentrer à l'heure pour savourer une petite bière, pour commencer la soirée. Il restait peut-être même un peu de salade de museau au frigo.

« Excusez-moi. Mon travail me rend nerveuse, je suis très en retard. J'ai une patiente dont je dois m'occuper, j'en ai pour trente minutes, grand maximum. Je vous propose de faire sans moi, dans un premier temps. De toute façon ce n'est pas très compliqué. La question est : qu'est-ce que je peux faire ? Ça fuit de partout. Je redoute un nouvel épisode cévenol. Il a plu,

vous ne pouvez pas imaginer. Enfin, si, vous connaissez, puisque vous êtes d'ici. Moi je ne savais pas, eh bien, quel baptême ! J'habitais Paris, avant. »

Une Parisienne. Tu as tressailli.

« On fait comme ça », tu m'as répondu, glacial.

J'aurais dû me taire et partir, mais comme tu restais silencieux, j'ai insisté :

« Une dernière chose : je n'ai pas d'argent. À Paris, j'étais aussi infirmière, mais à l'hôpital. Nous travaillons comme des esclaves, et nous sommes payés au lance-pierre. Ne pensez pas faire le chantier du siècle, je ne sais pas si je pourrai me payer autre chose que la bâche en plastique.

— Madame, il fallait aller chez Gamm Vert alors, plutôt que de me faire venir, ils font des promos en ce moment. »

Je t'ai maudit. Je t'ai traité d'abruti intérieurement, tout en me disant qu'il fallait que j'arrête de t'énerver, si je voulais un bon devis dans mes cordes.

« Vous avez raison, je dis n'importe quoi. Je suis vraiment désolée… Bon, j'y vais. Je reviens tout de suite. Prenez votre temps. Ma fille est là, si vous avez des questions. »

Tu m'as regardée partir, monter dans ma Fiat Panda, un modèle déjà bien avancé. Je me sentais épiée, scrutée, j'étais mal à l'aise, je perdais mon sang-froid. J'ai démarré, directement en deuxième, puis en quatrième. Avec la pente, je

m'en sortais à moindres frais. La Panda a râlé un peu, mais elle avait l'habitude. La honte m'est montée aux joues, j'étais persuadée que tu me prenais pour une folle. Heureusement que Yoda-Wickette n'était pas vautrée au milieu de la route comme à son habitude, je l'aurais écrasée.

J'ai bâclé la toilette de cette pauvre Monique.

« Pardonnez-moi, Monique, je ne parle pas beaucoup aujourd'hui, j'ai un type pour mon toit, vous savez ? Il faut que je redescende vite. Je me rattraperai demain, promis, je ferai "dans les coins". Je vous donnerai aussi des nouvelles de César, j'ai appelé l'hôpital aujourd'hui. Ils vont nous le rendre, peut-être même bien avant le week-end. Vous ne serez plus seule au hameau. Et d'après le médecin que j'ai eu au téléphone, avec son cœur retapé, il va pouvoir à nouveau s'occuper de son jardin. Nous aurons des tomates cet été ! »

Je suis revenue en quatrième vitesse. Tu n'avais quasiment pas bougé, tu fumais une cigarette, en plissant les yeux. Toi aussi tu as aimé la maison, d'emblée.

Tu me tournais le dos et, quand je suis arrivée derrière toi, tu m'as dit :

« Du beau boulot. Du solide, du schiste bien aligné, sans joint. Murs épais, sains, du beau boulot, vraiment. Une ancienne magnanerie, bien accrochée à la montagne. Une clède et un pailler, vous avez même l'ancien four à pain et les

circulations pavées. La châtaigneraie en bancel, derrière, avec pas mal d'arbres malades, tout de même. Une terrasse sur la vallée, une treille pour l'été. Ça fait une sacrée surface. Il y a bien trois cents mètres carrés sur deux étages, vous avez vraiment de la chance.

— Merci. De la chance, oui. Mais la chance me coûte cher. J'y laisse mon temps et mon argent.

— Et... Vous préféreriez les mettre dans quoi ? »

Je t'ai regardé avec stupeur. Je ne m'étais pas posé la question.

« Je vous laisse travailler encore un peu, je vais juste me changer.

— Faites donc. »

J'ai embrassé Pimpon qui révisait.

« C'est qui alors, ce gars dans le jardin ?

— Le charpentier. »

Je me suis changée rapidement et j'ai jeté le lapin de Joseph au four, avant de retourner voir à combien se montaient les travaux. Pimpon trottinait devant moi. Elle t'a serré la main, une poignée franche. Elle avait cette simplicité de l'adolescence, qu'on s'interdit avec l'âge.

« C'est cool que vous soyez venu ! On prend l'eau ici.

— Bonjour, Mademoiselle.

— Bonjour, Monsieur. Monsieur ?

— Jacques.

— Moi c'est Pimpon, la fille de la Madame qui est sur mes talons. »

Puis, après quelques secondes de réflexion :

« Ça craint, hein ? Tout est à refaire. Elle rêve, Mamounette. Elle croit qu'elle va pouvoir se payer ça. Il ne faut pas lui en vouloir, c'est la maison de son père, alors elle y tient beaucoup. Elle a eu la maison en héritage. On est un peu d'ici, nous aussi. »

J'ai entendu la voix fraîche de Pimpon, qui expliquait simplement, comme je n'avais pas su le faire, l'importance de la maison.

Tu l'as écoutée. Tu l'as tout de suite aimée, Pimpon.

« Tu crois que tu vas pouvoir faire quelque chose de pas trop cher ? Si oui, tu seras un saint, *honey*. Saint Jacques quoi.

— T'es marrante comme gosse, tu me plais bien, "*honey*". T'es rigolote avec ton look de baba cool, tu sais que c'est plutôt ma génération ça ?

— T'as quel âge ?

— Soixante-quatre ans.

— Ah ouais, t'es vieux quand même. »

Je n'ai pas osé vous interrompre, je sentais que Pimpon était sur la bonne voie.

Elle s'est collée à côté de toi et elle a mimé ta posture, les bras croisés.

« Alors, saint Jacques ? T'évalues à combien ?

— Cher. Très cher.

— Je le sais. Je l'ai dit à maman. Il ne faut pas un clampin pour faire un truc pareil. Il faut quelqu'un qui ait le temps, qui aime le travail soigné, et le temps ça se paye.

— Bien vu, jeune fille, c'est exactement ça.

La charpente est encore en état, avec quelques reprises nécessaires par endroits, mais ce n'est pas le plus dramatique. Le gros du chantier c'est la lauze. Elle part en mille-feuille sur la presque totalité du bâtiment et des dépendances. Là, il faudra tout reprendre. Et c'est pas tant les matériaux, mais la main-d'œuvre qui va lui coûter cher, à ta Parisienne de mère. »

J'ai ouvert la bouche, mais Pimpon m'a fait un clin d'œil.

« Faut l'excuser, *honey*, Mamounette quand elle a peur, elle sort ses griffes. Elle flippe juste pour le prix.

— Même si je diminue mes marges, et même en faisant sauter la TVA, ça va chiffrer. »

Tu m'as dit que je t'avais fait pitié tout à coup. Ma mine triste, ma dureté envolée, les larmes qui me venaient aux yeux.

« La pierre c'est beau, mais c'est dur à chauffer, dur à refroidir, il faut isoler aussi. »

Je t'ai proposé de rester manger. Tu n'as rien dit. Ni oui ni non, mais tu nous as suivies dans la cuisine.

Pendant que je préparais un simulacre de repas, tu es monté au grenier voir la charpente de l'intérieur et faire le tour des pièces pour les mesures exactes. Pimpon te suivait, en apprenti. Je vous entendais rire tous les deux. En descendant tu as confirmé que c'était bien comme tu l'avais imaginé : une charpente en châtaignier, bien solide qui pouvait encore tenir quelques siècles. Quelques petits détails à refaire, quelques

solives, pas grand-chose. Par contre, pour la lauze, il fallait tout descendre.

Pimpon t'a servi un verre de vin, tu as pris le couteau et tu t'es fait une tartine sans demander. J'ai trouvé ça abominablement mal élevé et en même temps j'étais contente que tu ne fasses pas de manières, que tu te serves comme quelqu'un qui a faim.

Je t'ai proposé d'aller boire dehors pour voir le paysage, tu m'as suivie sur la terrasse.

« Je n'ai aucune espèce d'autorité sur ma fille. Je n'y arrive pas. Elle le sait, elle en profite.

— Te bile pas, Mamounette ! » a crié Pimpon depuis la cuisine.

Je t'ai entraîné encore un peu plus loin, sous le châtaignier, pour qu'elle cesse de nous espionner. Tu as dit que tu n'étais pas un bon juge, que tu n'avais pas d'enfant.

Tu m'as parlé de la ligne bleue des Cévennes, du tranchant des crêtes, de l'émotion que tu ressentais chaque fois que tu venais ici. J'ai commencé à te détailler sans m'en rendre compte. Ton allure, ton visage, ta chemise ouverte sur ta poitrine. Je me suis étonnée d'avoir envie de te toucher, moi qui hais les poils d'habitude. Je réfléchissais rapidement et mettais cette envie subite sur le compte de ton parfum. Une odeur d'homme, de transpiration poivrée, de tabac, d'après-rasage. Je ne t'écoutais plus, je t'entendais seulement. Ta voix, régulière, forte, légèrement rocailleuse, me ronronnait aux oreilles sans que je traduise véritablement les paroles.

L'odeur de ta peau venait à moi par instants, mais il y avait aussi tes cheveux poivre et sel, épais, mal disciplinés, vivants. Tes avant-bras musclés, tes yeux, châtaigne, bien sûr. De cette couleur soyeuse, pure et sans défaut du fruit, que l'on découvre quand on le libère de sa bogue. Cette couleur soutenue, brillante, qui vous donne envie de caresser. Tu étais, sans conteste, un enfant du mont Mars. Près de toi, et comme pour Théo, je sentais à nouveau mon corps m'échapper.

Philippe et son pick-up m'ont sortie de ce moment de désir où j'avais basculé. Je lui en ai voulu, j'étais prête à te toucher, mais je l'ai remercié dans le même temps : qu'aurais-tu pensé ?

« *Hello everybody !* »

Je l'ai fusillé du regard.

« S'cuse, Palo. Bonjour, Monsieur. Salut, Pimpon ! »

Je t'ai présenté en bredouillant, Philippe t'a serré la main chaleureusement. J'ai prétexté un nouveau verre à aller chercher, et j'ai couru vers la cuisine pour pouvoir réfléchir quelques minutes. D'où me venait ce désir ? Je vivais le regard uniquement tourné vers ma fille et mon travail. J'avais oublié jusqu'à ma propre féminité. Je me maquillais rarement, je m'habillais de ce que je trouvais dans mon armoire au hasard, toujours les mêmes jeans, les mêmes tee-shirts choisis pour leur praticité, je me moquais de

mon aspect physique. Je ne regardais plus les hommes. Ma cécité m'avait rendue transparente pour moi-même.

Philippe et toi discutiez déjà comme de vieux amis. En bon médecin de campagne, Philippe connaissait toutes les familles du village, la tienne y compris, même s'il ne vivait ici que depuis trois ans. Vous aviez mille choses à vous raconter. Tu l'avais questionné sur son choix de venir vivre dans cet endroit perdu, il t'avait expliqué qu'il était photographe amateur : il trouvait son compte et sa paix sur les plateaux et dans les vallées brumeuses. Tout son temps libre y passait, il marchait des heures dans les montagnes et les connaissait presque mieux que les anciens du village. C'est aussi pour ça qu'il avait gagné leur respect, ton respect. Rapidement, il t'avait parlé de son livre, un recueil de ses plus belles photos de la région dont il était si fier. Tu t'étonnais de n'avoir rien à lui apprendre.

En parlant, il avait changé de fauteuil pour se rapprocher de toi, lui aussi était attiré comme un aimant. Au bout d'une demi-heure, vous étiez les meilleurs amis du monde. J'aurais si ardemment désiré que tu jettes entre nous une pareille intimité, et que je puisse m'autoriser à te passer la main sur la nuque pour t'inviter à venir manger.

Je me suis contentée d'un magistral « à table ! » et vous êtes venus vous asseoir. Philippe avait sa place sur le banc, il a frappé l'espace à côté de lui pour t'inviter à t'asseoir. Tout en parlant, il

taillait de larges tranches de pain sur lesquelles il étalait une bonne couche de pâté avant de les glisser sous ton nez.

« Tu me diras ce que tu en penses, Jacques, c'est la dinde de Gaston, magnifiée par Palo, salée comme il faut. Il va falloir que j'essaye de ne pas en manger quatre tartines, mais le vin m'ôte toute espèce de scrupules. »

J'étais contente, j'ai vu que tu semblais apprécier. Tu buvais. Beaucoup trop. Je n'ai pas vu tout de suite que tu avais un problème avec l'alcool. Si je l'avais deviné, qu'aurais-je bien pu dire ?

« Palo, tu as vu Rose aujourd'hui ? » avait repris Philippe.

Il était inquiet pour elle. Elle était venue au cabinet, elle voulait des somnifères pour dormir, trois boîtes d'un seul coup pour soi-disant ne pas revenir trop vite, il avait refusé de les lui donner.

Je me souvenais de l'avoir aperçue deux jours auparavant. Je m'étais arrêtée à sa hauteur avec la Panda, elle m'avait avoué qu'elle avait du mal à faire son jardin en ce moment, qu'elle n'en avait plus l'envie. Elle ne sentait pas le printemps l'appeler au-dehors comme d'habitude, elle avait froid sans cesse, elle n'entendait pas les oiseaux chanter le matin. Yoda-Wickette ne sortait plus non plus, elle n'avait même plus la force d'aller faire ses besoins dehors, il fallait « tout ramasser derrière elle ».

« Peux-tu passer la voir demain ? avait demandé Philippe.

— Demain matin j'ai la toilette de Séraphin en plus de ma tournée normale. Je ne sais plus où donner de la tête, j'ai vraiment hâte qu'Éliane arrive. Mais j'irai chez Rose à midi, je te tiendrai au courant. À propos d'Éliane, elle m'a demandé si tu voulais une caution pour ton appartement, Philippe. »

Il ne voulait pas, bien sûr. Il était heureux d'avoir une locataire, d'entendre marcher au-dessus de sa tête, puisque lui aussi, la solitude lui pesait.

J'étais assez fière : j'avais tout organisé. Tu t'es moqué de moi longtemps avec cette histoire d'entremetteuse. À Éliane que j'aurais pu loger sans problème, j'avais suggéré de louer le premier étage de la vaste maison de Philippe, en lui vendant une certaine autonomie et la difficulté pour nous deux d'être toujours ensemble, dans le travail comme dans l'intimité. Je savais qu'elle descendrait un soir chez Philippe, avec une bouteille de vin sous le bras pour discuter un peu et changer de la télévision. Je savais qu'elle était capable de ça si un homme lui plaisait.

Tu avais trop bu. Tu n'écoutais plus réellement les conversations, tu regardais seulement, en buvant le vin rouge. Tu devais te demander ce que tu faisais là, et pourquoi tu te sentais quand même à ta place, alors que tu ne connaissais personne. Pimpon te passait les plats, Philippe te demandait ton avis et je veillais à tout, dans les moindres détails : je te donnais un morceau de Sopalin quand le tien était trop taché, je te

proposais un couteau si tu touchais le pain. Je ne l'ai pas fait spécialement pour toi ce soir-là, j'ai toujours été là pour tout le monde.

Tu trouves que j'ai des gestes qui me rendent un peu différente. Chacun de mes mouvements est parfaitement contrôlé, efficace, précis. C'est propre, tu dis. Oui, propre, ou quelque chose comme ça. Pas de fioriture, même dans les gestes les plus anodins. Le couteau arrive au bon endroit sous ta main, le verre se pose juste devant ton assiette, parfaitement au milieu. La précision tient à une maîtrise de l'espace, de la longueur de mon bras, sûrement à cause de ces années passées au bloc opératoire. Tu m'as confié que ce soir-là, je t'avais fasciné. Je ne savais pas que je pouvais inspirer ce genre de sentiment à quelqu'un. Tu te souvenais même de mon tee-shirt assez fin, de mon jean moulant qui laissait deviner un peu de mon corps. Tu m'as dit qu'à un moment tu avais eu du désir pour moi. Heureusement que je ne l'ai pas deviné, je serais restée pétrifiée de honte.

C'est Pimpon qui a donné le signal de fin de soirée en te demandant :

« Tu es fatigué, saint Jacques ? »

Tu as sursauté.

« Oui, j'ai eu une journée assez chargée, avec beaucoup de route.

— Tu ne peux pas partir maintenant, avec ce que tu viens de picoler, *honey*, tu ne passeras pas le col.

— Pimpon, s'il te plaît, c'est pénible ces *honey*.

— Ouah ben quoi ? » a grogné Pimpon. Puis, après quelques secondes, elle s'est penchée vers toi :

« Je crains, Monseigneur Jacques, que vous ayez trop usé de boisson pour reprendre la route, elle est fort giboyeuse. Il me semblerait de bon aloi que vous preniez quelque repos sur une couche de fortune, avant d'enfourcher votre fidèle destrier. »

Tu as éclaté de rire. Et ce rire, Jacques, je l'entends encore. Ce rire énorme qui donne l'impression de faire trembler les murs. Tu riais souvent, je t'entendais là-haut dans les chambres ou sur le toit. Nous étions tous percutés par l'onde de choc et nous restions souriants et hébétés comme si tu avais dévoré toute l'énergie possible autour de toi. En écrivant, je m'aperçois que c'est peut-être ce rire qui me manque le plus.

Philippe préférait rentrer à pied, je t'ai offert, comme l'avait suggéré Pimpon avec raison, de t'allonger sur la banquette. Je t'ai même proposé d'appeler ta femme, mais tu n'as pas voulu.

Tu as accepté de te reposer un peu, tu t'es endormi instantanément. J'ai tout rangé sans faire de bruit, et puis je t'ai regardé. Tu dormais sur le dos, tu ronflais légèrement.

Je me suis allongée contre toi. Tout doucement pour ne pas t'éveiller. Je voulais profiter enfin de ton parfum, de ta chaleur. Tu as ouvert les yeux, le lampadaire dehors diffusait

une lumière orangée, irréelle. Il y avait bien une femme, là contre toi. Tu n'as pas bougé. Tu as demandé : « Pourquoi ?

— Je ne sais pas. À cause de la *soledad.* »

Tu m'as caressé les cheveux.

« Je comprends. Je connais cette *soledad* dont tu parles. Ici, en patois, on l'appelle *solitud.* Sans *e*, parce que les hommes sont plus touchés. »

Je n'ai pas bougé, je suis restée contre toi et je me suis endormie rapidement. Vers deux heures du matin, tu m'as réveillée en te levant.

« Il faut que je rentre, Paloma. Maintenant. Je me sens suffisamment en état pour reprendre la route. »

Tu es parti dans la nuit. J'aurais voulu te garder encore, me réveiller au petit matin à côté de toi.

J'ai regardé longtemps l'endroit où tes phares avaient disparu derrière les châtaigniers sombres, je crois t'avoir suivi en pensée jusqu'à Alès.

Tu m'as raconté plus tard ton agitation, et si je l'avais su j'aurais été rassurée, j'avais si peur de n'être qu'un non-évènement, que tu rentres chez toi comme si de rien n'était, auprès de cette femme que j'enviais sans la connaître.

Mais toi, en arrivant, tu n'as pas mis la voiture au garage, comme avant, quand tu rentrais tard et que tu ne voulais pas réveiller Claire.

Tu t'es couché, tu t'es souvenu d'une autre nuit, semblable à celle-ci, un an auparavant, où une fois allongé sans bruit dans le grand lit conjugal, Claire t'avait dit de sa voix tranquille :

« Jacques, j'ai appelé mon avocat, je demande le divorce. »

Tu n'avais pas su me dire qu'elle était partie depuis déjà longtemps et que tu n'avais rien fait pour la retenir. Claire, cette femme sublime et si douce.

Comment s'y est pris le temps pour vous attaquer tous les deux, Jacques ? Quand as-tu cessé exactement de la regarder, de l'écouter ? C'est vraiment une belle femme, pourtant, les années n'ont que peu de prise sur elle. Blonde, grande, mince, les yeux d'un bleu pur, quelque chose de princier, et c'est ce que l'on retient d'elle avant tout : elle a une classe infinie. Au commencement de votre relation, tu te sentais lourdaud à côté d'elle, mal dégrossi, trop vulgaire. Tu rattrapais ton ego en lui faisant l'amour comme un sauvage, de toute ta force d'homme. Tu m'as dit une fois qu'avec Claire à tes côtés tu te sentais comme un régisseur anglais, ou pire, comme un vulgaire laquais, que c'était une femme comme moi que tu aurais dû choisir depuis le début. J'ai été terriblement vexée de cette comparaison jusqu'à ce que tu rajoutes que tu te sentais valorisé dans mes yeux, terriblement plus puissant qu'avec Claire, que je te rendais *herculéen*. Herculéen. Tu aurais dû commencer par là.

Je t'ai fait raconter des dizaines de fois les premiers moments de notre rencontre. J'aimais tellement ta version des évènements, si proche et pourtant si différente de la mienne. C'était important d'entendre que toi aussi, tu avais été agité par des sentiments contradictoires, que tu avais lutté en vain contre ce début d'attachement. Tu me livrais les pièces manquantes du puzzle, celles où je n'étais pas là, comme ce lendemain matin où tu t'es réveillé d'un drôle de rêve.

Tu as regardé par la fenêtre les feuilles bien vertes des taillis. Tu t'es dit : c'est l'été ici, mais là-haut, il peut encore faire froid à l'aube sur les ubacs. Tu as pensé que mon toit était à refaire et qu'il fallait que tu trouves une solution. Tu as pensé à moi.

Après ton café, ta douche, tu es parti travailler. Tu as retrouvé Pierre, ton second, c'est lui qui ouvre les portes le matin. J'aime comme ce

garçon te regarde, Jacques, parce que l'on sent toute l'admiration qu'il te porte. Je sais que tu l'as embauché sur un coup de tête, au feeling, un peu au hasard parmi une dizaine de candidats convoqués, tous bardés de diplômes. Pierre ne dénotait en rien, au contraire, peut-être même était-il le moins attrayant. Un petit BTS MUC, un appartement avec sa mère, une vie simple. Tu l'avais casé en dernier à onze heures cinquante, alors que tu savais que Claire t'attendait à midi chez Edgar pour fêter ton anniversaire. Rien ne le faisait sortir du lot, et à t'entendre, tu avais déjà fait une croix sur sa candidature avant même qu'il ne s'exprime. Il avait tout de même tenu les dix minutes d'entretien, pendant lesquelles il avait essayé de te vendre, avec son discours formaté, sa jeunesse et son envie de faire partie de *ton* entreprise. Poli, tu l'avais raccompagné, et en voulant lui mettre la main sur l'épaule pour lui dire gentiment de ne pas trop espérer, tu avais vu, sur le col arrière de son costume un peu froissé, une étiquette microscopique, agrafée à l'agrafeuse papier : Emmaüs, 12 euros. Sans réfléchir, tu lui avais dit :

« Vous pouvez commencer quand, jeune homme ? »

Il gère quasiment tout à présent, tu ne t'es pas trompé. Tu n'as qu'à signer là où il te demande de le faire. Les costumes, maintenant, il les achète en Italie, chez un spécialiste du pied-de-poule, à Turin.

Tu lui as dit que tu passerais voir Georges à

l'hôpital psychiatrique. Tu voulais lui remonter le moral, l'assurer de ton soutien après sa tentative de suicide et son hospitalisation à la suite du départ de sa femme.

« Si j'ai un petit conseil, Patron, évitez le “une de perdue dix de retrouvées”. J'ai tenté ça hier au téléphone, mais ça n'a pas marché, il m'a raccroché au nez. Évidemment. Je ne sais pas pourquoi j'ai dit ça. »

Après quelques minutes de réflexion, il a repris :

« On a aussi un problème avec l'apprenti de Georges. Il en a profité pour ne pas venir ce matin. »

Quand tout a été presque réglé, Pierre t'a demandé ce qu'il en était de « la chieuse » et son devis. Quand je pense que vous m'avez encore appelée comme ça, dans les premiers temps…

« Toute la couverture est à refaire : la lauze est foutue. Un boulot de titan. Mais une ancienne magnanerie comme tu n'en trouves plus.

— Il n'y a plus personne pour du boulot comme ça, Patron, à part nous.

— Je sais, mais elle ne pourra pas payer un tel chantier. C'est une infirmière, elle n'a pas le budget.

— On laisse tomber ?

— Oui. Je passerai lui dire. Il suffira de chiffrer, elle comprendra vite. Elle est sympa cette femme, au fond. Pour être tout à fait honnête, cette maison m'a donné envie de m'y remettre. Tu vois, le métier, je l'oublie, avec toute cette

paperasserie, ces emmerdes au quotidien. J'avais signé pour faire couvreur moi, pas DRH. »

Tu es passé voir Georges à l'hôpital à onze heures. De celui-là aussi, tu étais fier. Tu lui avais donné sa chance à ce fils de mineur pour qui l'école était prison. Les mines, à l'époque, fonctionnaient encore un peu, mais on sentait bien que c'était la fin, qu'il n'y avait plus d'avenir. Georges était arrivé un matin, avec son CAP couvreur et un casier pour des petits vols, un peu de taule en sursis. Mais tu avais reniflé de loin l'intelligence. Il voulait bosser, gagner de l'argent légalement, se « ranger ». La toiture, c'était tout ce qu'il savait faire. Il s'exprimait aussi bien que la plupart de tes ouvriers, mais il préférait ne rien dire, c'était un solitaire, un taiseux. Il te l'avait expliqué facilement, et c'est cette franchise que tu avais aimée par-dessus tout :

« Ça me déplaît pas de faire l'ermite sur mon toit, Patron, moi j'aime pas parler. Je préfère regarder autour de moi, écouter ce que le village ou la nature a à me dire. Je préfère bosser tout seul. »

Il travaillait vite et bien. C'était le meilleur ouvrier de l'entreprise.

Il avait commencé à fréquenter une fille de notables de la ville, elle avait même quitté son fiancé officiel pour lui. Elle en avait bavé, ses amies se moquaient de son « ouvrier qualifié » et le traitaient de rustre, d'inculte. Sa famille, hurlant à la mésalliance, lui avait coupé les

vivres. C'était l'erreur à ne pas commettre : au lieu de l'éloigner de Georges, les restrictions budgétaires et la solitude avaient conforté son amour. Chez lui, dans son petit deux pièces, elle mangeait tous les jours et se sentait aimée, il la traitait comme une reine. Il lui cuisinait des conserves, lui chantait des chansons pour l'endormir, lui parlait d'un futur radieux, de vacances au bord de la mer, d'une maison à la campagne et du fils qu'il voulait d'elle. Quand elle avait été enceinte, la belle-famille avait levé l'embargo et organisé un mariage express pour limiter les cancans. Ils avaient fini par accepter Georges, mais sans l'apprécier. Ils n'avaient de cesse de le dénigrer, et les années passant, leurs saloperies insidieuses avaient fini par entamer durablement le couple.

Sur son lit d'hôpital, Georges avait perdu de sa superbe. Tassé au fond de son lit, le regard vague, il broyait du noir.

Tu avais beau faire le guignol, lui raconter les quelques nouvelles de la boîte, l'assurer de ton plus fidèle soutien, rien n'y faisait, il restait lugubre et hagard. Un jeune homme était entré alors que tu t'échinais à essayer de le dérider. Un beau garçon à la peau foncée et aux cheveux d'un noir brillant. Il t'avait tendu la main.

« Je suis le voisin, c'est moi qui l'ai trouvé. »

Georges n'avait même pas tourné la tête. On était venu le chercher pour l'atelier d'art-thérapie. Il avait grommelé que l'art et lui, ça faisait deux et qu'on lui cassait les bonbons.

Le voisin et toi, vous étiez partis ensemble, tu lui avais proposé de boire un café à la cafétéria de l'hôpital. Il avait compris tout de suite que tu étais le patron, aux quelques paroles que tu avais échangées avec Georges. Il t'a demandé tout à trac :

« Vous auriez pas un peu de boulot pour moi dans votre entreprise ?

— Qu'est-ce que tu sais faire ?

— Tout, si on m'apprend.

— Je fais du toit, de la charpente, de la couverture, de la lauze. Ça ne s'invente pas. Tu travailles comme un abruti pour pas grand-chose, tu es dehors qu'il pleuve, qu'il neige ou qu'il vente. Tu veux un conseil ? Trouve-toi plutôt un bon petit boulot à la SNCF.

— Ça me va, moi, les toits. »

Il a expliqué qu'il ne trouvait pas de travail et que ce qui le desservait le plus c'était son nom.

« Et tu t'appelles comment ?

— João Bartholomeu Ribeiro Do Vale.

— Ah oui, quand même !

— On me surnomme Jo, d'habitude. Je peux commencer tout de suite si vous voulez, après le café, là, je suis libre. »

Il commençait à t'intéresser, ce gosse. Comme tu l'avais senti pour Georges par le passé, ou pour Pierre, tu flairais l'homme solide sous la fragilité du jeune adulte. Tu te retrouvais un peu, toi, le petit gamin des Cévennes, qui avait fondé sa propre boîte.

Tu l'as tout de suite vu monter sur les chantiers. Tu n'avais pas encore fini ton café que tu

lui proposais déjà de faire un peu d'études. Il était méfiant, il était en échec scolaire depuis son arrivée en France, mais tu l'avais rassuré, lui avais expliqué ce qu'était l'alternance, fait miroiter la possibilité d'aller à l'école seulement la moitié du temps. Pour le reste il serait à l'air libre.

« Ça me va. Je peux commencer demain ?

— Non, tu ne peux pas, il faut faire des papiers. Tu imagines si tu tombes d'un toit ? Je vais directement en taule. Allez, je te ramène chez toi, c'est sur mon chemin, je vais voir un chantier à plus d'une heure de route d'ici.

— Je peux venir avec vous ? Je ne vous dérangerai pas. Je regarderai, c'est tout.

— Mais tu es un vrai pot de colle, mon garçon ! Tu n'as rien à faire de plus intéressant ?

— Qu'est-ce que je pourrais faire de plus intéressant que d'aller me promener en dehors de cette foutue ville dont je ne sors jamais, dans une belle voiture, avec mon futur patron, qui pourra me parler de mon futur travail ? »

D'emblée tu l'as appelé Jo la Glu. Le pauvre. Quand je pense qu'aujourd'hui encore tout le monde l'appelle comme ça, alors qu'il a un si joli prénom.

Tu m'as avoué que tu avais surtout accepté parce que tu savais que ça te libérerait de l'inquiétude de te retrouver seul avec moi. De quoi avais-tu si peur, Jacques ?

Tu n'avais pas mis la radio en sourdine, comme tu le faisais habituellement, Jo la Glu

remplissait ton espace. Il époussetait le tableau de bord, posait les coudes sur les avant-bras, abaissait et remontait les vitres. Il parlait sans cesse, une vraie crécelle.

Tu lui avais demandé de te raconter comment il avait atterri à Alès. Il avait commencé par le menu, sans fausse pudeur, dès sa naissance à Porto. Il n'avait jamais su qui était son père, sa mère avait parlé quelquefois d'un officier qui venait donner ses uniformes à laver dans la blanchisserie où elle travaillait. Une histoire qui n'avait pas duré, le jeune homme ayant disparu pour aller faire une guerre on ne sait où et on ne sait pourquoi. Jo était resté là, lui. Sa mère s'était mariée avec le patron de la blanchisserie trois ans plus tard, pour une vie plus facile. Le nouveau mari ne supportait pas ce fils imposé : il avait la main leste et le ceinturon facile. Jo passait le plus clair de son temps chez son grand-père, Américo, qui habitait quelques maisons plus loin au bord du Douro. C'était le vieil homme qui lui avait appris le français, par jeu, pour pouvoir parler tranquille à l'abri des oreilles indiscrètes. Américo le parlait couramment : avant de revenir au Portugal, il avait travaillé pendant vingt ans au Sentier, en Suisse, il fabriquait des montres de luxe.

Quand il était mort, Jo s'était enfui. Il avait suivi des forains, il aidait un peu pour monter les manèges. Il avait pu passer en Espagne à Badajoz où il était resté quelques mois, puis en France. Il s'était fait prendre à Alès, dans une

descente de police. Les flics avaient débarqué pour une histoire de campement non réglementaire, contrôlé tout le monde, Jo était mineur, il n'avait pas de papiers, les services sociaux l'avaient pris en charge. Il n'avait pas dit qu'il avait une mère, il ne voulait pas retourner au Portugal.

Il s'était tu sur ce constat. Vous aviez roulé quelques kilomètres en silence. Au Collet-de-Deze, il avait retrouvé la parole, visiblement heureux de voir les forêts de pins et de châtaigniers.

En arrivant, tu t'es garé et Pimpon est allée à votre rencontre en enfilant un manteau. Elle vous a aussitôt mis au parfum : Rose ne répondait pas, les volets étaient fermés, la porte de même. On ne l'avait pas vue depuis trois jours.

« Mamounette est partie avec un pied-de-biche, elle a dans l'idée de fracasser la porte, si Rose n'ouvre toujours pas. J'ai peur de ce que l'on va trouver. »

Quand vous m'avez rejointe, j'appelais depuis dix minutes déjà. Aucun bruit ne filtrait. Tu as proposé de faire sauter le verrou.

« T'es dingue, *honey*, a réfuté Pimpon avec empressement. Tu vas t'exploser l'épaule, le châtaignier est bien plus fort que toi. »

J'ai montré le pied-de-biche, Jo s'en est emparé avant que tu ne le fasses. La serrure n'a pas résisté au premier coup d'assaut, elle a lâché dans un grand bruit de bois esquinté, en emportant un morceau de chambranle avec elle.

L'odeur était insoutenable. Tu m'as retenue par le bras.

« Ça sent la mort là-dedans.

— Merci, Jacques, mais j'ai déjà vu la mort en face, et sûrement beaucoup plus que vous. Laissez-moi entrer la première. »

On n'y voyait pas grand-chose, l'électricité ne marchait plus. Jo s'est précipité vers une fenêtre pour ouvrir, la lumière crue de midi nous a tous rendus aveugles quelques instants. La puanteur venait d'un vieux fauteuil crapaud où finissait de gonfler Yoda-Wickette, dans toute sa décomposition. Je ne me suis pas arrêtée sur cette pauvre bête, j'ai couru près du lit où gisait Rose.

« Rose ? »

J'ai appelé de plus en plus fort. Le petit sarment du Médoc a tourné la tête vers moi.

« Rose, vous m'entendez ? »

Elle a grommelé et elle a ouvert les yeux.

« Wickette est morte, je veux mourir aussi.

— On verra ça plus tard, pour commencer vous allez boire un peu. »

J'ai ordonné à Pimpon d'aller à la maison chercher une bouteille d'eau et ma mallette d'infirmière.

« Prends aussi un sérum glucosé. Appelle Philippe au cabinet, dis-lui qu'il laisse tout tomber et qu'il rapplique au grand galop. Vous, Jacques, débarrassez-nous de Wickette. »

Nous nous sommes affairés. Wickette a atterri en un seul morceau dans un panier d'éclisses, que l'on a pu mettre dehors.

Rose ne voulait rien avaler. Je me suis mise en colère :

« Oui, vous mourrez. Vous mourrez bientôt parce que vous êtes vieille et méchante de nous faire un coup comme ça. Mais vous mourrez dignement, quand vous aurez tout préparé, que votre maison sera en ordre, que le notaire saura ce que vous voulez qu'on fasse de vos affaires. Vous mourrez dans vos beaux habits, bien coiffée et pomponnée. Je vous aiderai s'il le faut. »

Pendant que je lui parlais, j'avais sorti son bras cachectique du lit, je désinfectais, préparais tout pour la perfuser.

Elle avait à peine huit de tension, je ne cessais de lui parler.

Pendant ce temps, vous êtes descendus enterrer Wickette sous un poirier. Jo a récité le Notre-Père en portugais. Tu te souviens ? C'était beau. Rose écoutait, sa main serrait la mienne.

Philippe est arrivé tout de suite après. Il voulait faire hospitaliser Rose, mais j'ai refusé. Nous avons discuté devant la porte. Je savais que si on la transportait loin d'ici, elle se laisserait tout à fait mourir. J'ai proposé de m'occuper d'elle, que lui ferait-on de plus que moi à l'hôpital ? J'ai proposé de la prendre à la maison.

« C'est les vacances, Pimpon la surveillera quand je serai au travail.

— Ouah, Mamounette ! Je ne veux pas, moi. Et si elle meurt quand tu as le dos tourné ?

— Elle ne mourra pas, je te le promets. »

Nous sommes retournés vers Rose et j'ai martelé :

« Regardez-moi bien dans les yeux, Rose, je ne plaisante pas. C'est un beau petit chantage que je vous propose : vous allez venir chez moi, je m'occuperai de vous, vous mangerez, vous boirez, vous essayerez de vous lever quand vous vous sentirez mieux. À la moindre incartade, j'appelle Philippe, et ce n'est pas à l'hôpital qu'on vous enverra, c'est à l'asile. »

Rose s'est mise à pleurer. Pimpon a repris :

« T'inquiète pas, Rose, Mamounette n'est pas si dure que ça, tu le sais. Tu seras bien chez nous. »

Après une courte pause, dans un silence pesant, elle a continué :

« Allez, viens, n'aie pas peur, tu vas voir, on va s'éclater, Mamounette te soignera, je jouerai au Scrabble avec toi et tu me chanteras des chansons de quand tu étais jeune. »

Nous avons emballé Rose dans une couverture un peu moins souillée et l'avons transportée à la maison dans le coffre de ma Panda, transformée en ambulance, la voiture roulant au pas. Tu t'étais d'autorité installé au volant, nous suivions religieusement.

Pendant que nous nous occupions de Rose avec Pimpon, tu as sorti la terrine du frigo, le pain, les verres. Tu étais déjà chez toi. Jo s'est servi une portion de truand, un verre de rouge, et il entamait sa troisième tartine

pantagruélique quand Pimpon est sortie de la salle de bains.

« Nickel. Elle brille. La couleur de l'eau, les gars, je vous raconte pas. Le mieux c'était les cheveux. Je l'ai toujours vue avec des cheveux gris, cette bonne vieille Rose. Eh bien, en fait, ils sont lumineux. Elle a expliqué qu'elle ne pouvait plus les laver aussi souvent qu'elle le voulait parce qu'elle n'a plus l'eau chaude dans sa salle de bains depuis belle lurette, et surtout des douleurs terribles dans les bras qui l'empêchent de passer les mains derrière la tête. Mamounette a dit qu'elle s'occuperait des douleurs et que saint Jacques irait voir un de ces jours, pour son eau chaude. Tu ne savais pas que tu étais plombier, hein, *honey* ? »

Nous sommes tous venus à son chevet, je la nourrissais cuillère après cuillère avec une bonne soupe épaisse et je souriais car tous les trois vous ouvriez la bouche en même temps qu'elle. J'ai fini par dire :

« Une cuillerée pour Pimpon... Une cuillerée pour Jo la Glu, Une cuillerée pour saint Jacques... Une cuillerée pour Palo. »

Vous avez ri, Rose a souri. Nous avions gagné.

J'ai pensé à Camille. J'aurais voulu faire la même chose avec ma mère. J'aurais aimé qu'elle soit suffisamment fragile pour me laisser l'approcher plus intimement. Qu'elle me doive quelque chose, que ce ne soit plus moi qui quémande

un peu d'amour, de soins, toutes ces attentions qu'elle avait été incapable de me donner. Je n'avais pas pensé à elle depuis un petit moment. Bien sûr je ne pouvais pas refaire le passé, mais je pouvais peut-être me pardonner en m'occupant de Rose. Être enfin la fille que j'aurais voulu être pour Camille. Par ailleurs, je sentais, sous la dureté de vieille femme de Rose, une douceur oubliée de petite fille, de mère, d'amie. Les années avaient fait d'elle un fruit sec, mais elle était encore pleine et entière. Pour la première fois de ma vie, en la regardant j'ai pensé : *pauvre maman.*

C'est Rose qui nous a rapprochés, Jacques, elle a été notre alibi. Tu me téléphonais pour avoir de ses nouvelles, et nous avions de longues conversations qui dérivaient sur d'autres sujets. Tu montais souvent la voir, pour lui apporter quelque chose. Une bouteille de bordeaux pour lui épaissir un peu le sang, une pâtisserie crémeuse pour faire grossir ses bras, trop décharnés. Nous ne parlions même plus du toit, je n'osais plus aborder l'épineux sujet du devis. Je me contentais d'apprécier chaque moment avec toi.

Jo la Glu était toujours sur tes talons. Tu ne l'emmenais plus pour éviter de te retrouver seul avec moi, tu l'emmenais parce que tu l'aimais déjà comme un fils.

Ce sont les hommes qui nous font femmes, Paloma. Nous avons besoin de leur amour pour croître, pour nous sentir merveilleuses, pour exister. J'ai manqué d'un homme jusqu'à Michel. Quand je l'ai rencontré, j'étais enfin majeure, j'avais du travail, un petit appartement et je m'étais débarrassée de toi en te confiant à tante Josette. Elle vivait seule à Pantin, elle était ravie de me décharger de mon fardeau, elle ne me demandait rien. Je passais en coup de vent le week-end, parfois avec quelques babioles, et je laissais un peu d'argent. Rapidement je ne vins plus, je me contentais d'envoyer une enveloppe pour Noël. Tu ne peux pas m'en faire le reproche : Josette fut ta seule source d'amour et je crois que c'est elle qui t'a construite. Elle t'appelait ma colombe *et t'embrassait souvent, alors que cela me répugnait. Je la regardais faire, étonnée que cela semble si naturel, si facile. Je pensais à ma propre mère, et je me demandais pourquoi elle n'avait pas été capable de se comporter ainsi avec moi. Je n'ai jamais su mon histoire, mais je gage qu'elle ressemble à la tienne, j'ai peut-être simplement reproduit le modèle.*

J'ai rencontré Michel à la cafétéria où je travaillais. Il m'avait confié qu'il vivait dans un appartement au-dessus de la grande surface et qu'il souffrait de solitude. Il descendait donc régulièrement déjeuner, pour voir des familles, des enfants, pour rester en contact avec la réalité d'un monde dans lequel il ne vivait pas. Il s'était renseigné discrètement sur mes horaires, et il n'était pas rare de le voir arriver avant moi. C'était l'homme que j'attendais, je l'ai su tout de suite. Il me faisait penser à papa, il était doux et patient. Peut-être aussi à cause des vingt ans qui nous séparaient et de cette impression de protection que je ressentais en sa présence. Nous discutions de longues heures le dimanche, en nous promenant, main dans la main, j'avais fini par accepter des rendez-vous hors de la cafétéria.

J'avais peur de faire l'amour avec lui, je ne voulais pas d'un autre enfant. Je ne voulais pas d'une autre indifférence, d'une autre léthargie. Il prit un temps infini à m'amener à le désirer et il y parvint, je ne sais pas encore par quelle magie. Il m'appelait « sa petite », il voulait que je mange pour grossir un peu, il s'occupait de moi. Je suis allée habiter avec lui, il m'a épousée l'année suivante. Maman le trouvait moche, trop âgé. Elle disait qu'elle ne s'y ferait jamais, que chez lui tout était vieux même ses meubles, et elle se demandait ce que je pouvais bien lui trouver. Elle disait qu'il sentait la naphtaline et que je méritais mieux.

Dès que Michel a connu ton existence, il a demandé, puis exigé de te rencontrer. Je ne voulais pas, j'avais

peur que tu viennes détruire le bonheur fragile que j'avais réussi à construire, lui et moi, nous deux contre le monde. Il a insisté, voulu ensuite te reconnaître, j'ai accepté, de guerre lasse. Penser que tu étais sa fille, pourquoi pas ?

Là encore, je n'ai pas tenu parole, je ne suis pas arrivée à le considérer comme ton père. Je ne voyais en toi que l'Espagne et la terre sèche, un homme dont je ne me rappelais même plus le visage, mais dont j'entendais encore le cri de jouissance dans mes nuits d'insomnies. Te regarder m'était parfois insupportable. Je tentais de me raisonner, de me dire que ce n'était pas de ta faute, que tu n'y étais pour rien, mais c'était impossible, je t'en voulais d'exister. Je te collais chez Josette dès que je le pouvais, parfois des semaines entières au prétexte que tu lui manquais, qu'elle avait besoin de toi.

Avec la naissance de Françoise, alors que tu avais dix ans, je devins mère enfin, ou à peu près. Grâce à Michel, là encore. J'ai été détestable pendant ma grossesse : tout m'insupportait. Qu'il fasse chaud, froid, qu'il pleuve, qu'il neige ou qu'il vente, je me plaignais. J'étais fatiguée et alitée en permanence. Je faisais des caprices d'enfant pour un verre d'eau ou un oreiller. J'avais des contractions, des envies de vomir récurrentes et impérieuses. Je me sentais mal et je n'avais qu'un désir : accoucher enfin, pour être débarrassée.

Françoise est arrivée avec un mois d'avance et j'en ai été soulagée. Je crois que je l'ai aimée d'emblée. Pas autant qu'une vraie mère peut-être, mais suffisamment pour en être fière. Je trouvais enfin que cette petite chose me ressemblait physiquement. Ce n'était que les prémices de l'amour, l'envie toute simple de la

prendre dans mes bras, l'inquiétude de savoir si elle avait bien mangé, ou dormi, si elle avait assez chaud. À cause du regard de son père sur moi. Ce sont aussi les hommes qui nous font mères, Paloma. L'amour des hommes, leur fierté. Ce n'est pas parce qu'ils changent une couche qu'ils sont papas.

Je sais que tu as senti ça toi aussi, avec ta fille et ton Théo, bien plus que moi encore. J'ai été tellement en colère quand j'ai su que tu étais enceinte si jeune, à ton tour. J'ai eu le sentiment que l'histoire sordide se répétait, que je n'avais pas su l'empêcher et que, pire, j'étais la cause de cette défaite. Et puis je t'ai vue à la maternité, j'ai vu le regard plein de tendresse de Théo, cette façon qu'il avait de te serrer contre lui quand il croyait qu'on ne le regardait pas. À le détailler de plus près, je supposais qu'il aurait volé pour vous nourrir, qu'il aurait tué pour vous défendre.

Quand j'ai vu ce bébé paisible dans tes bras de mère aimée, et aimante, j'ai su que c'était une autre histoire que la mienne : tu avais réussi à te venger du passé, et je t'en savais gré.

La vie en a décidé autrement, on ne se moque pas impunément du script familial, les femmes de notre lignée naissent pour cultiver le malheur, pour perdre les hommes qu'elles aiment. Nous avons quelque chose des mantes religieuses. J'ai perdu tous les hommes que j'ai aimés, Paloma. Tu perdras toi aussi les hommes que tu aimeras, c'est une destinée. Je l'ai su le jour de la mort de Théo. J'en ai été triste, et paradoxalement soulagée : tu n'étais donc pas meilleure que moi, tu ne réussissais pas là où j'avais échoué. Il n'en était plus de ma responsabilité, il en était des astres et de la malédiction.

Je suis allée chercher Éliane à la gare d'Alès. Elle avait apporté quatre énormes valises et elle était radieuse. Quand elle est descendue du train, avec ses cheveux blonds relevés et sa robe rouge éclatante, j'ai trouvé qu'elle ressemblait encore plus que de coutume à Pauline Lafont.

Nous avons roulé doucement, je lui ai donné toutes les informations nécessaires et superflues sur la région, de la géologie en passant par les fêtes et les manifestations. Un vrai office du tourisme. J'ai parlé de toi, bien sûr. Je me suis surprise à te décrire, à m'excuser que tu sois si vieux, à te trouver toutes les qualités du monde.

Je suis passée par la maison avant d'aller chez Philippe, je voulais qu'elle voie les Cévennes. Elle n'a rien dit de particulier en sortant de la voiture, mais elle a marqué quelques minutes d'arrêt, exceptionnelles pour cette femme toujours en mouvement. Puis, comme sortant d'un songe, elle a ponctué d'un laconique et solennel : « Tu as bien fait. »

Nous avons bu le café sur la terrasse. Éliane et moi jacassions comme des pies et Rose nous supervisait d'un beau sourire de connivence. Puis nous sommes descendues au village pour déposer ses affaires. J'avais la ferme intention d'inviter Éliane avec Philippe pour dîner le soir même afin de les mettre à l'aise, mais quand elle l'a vu, elle a prétexté être fatiguée du voyage et vouloir se contenter d'un verre de vin avec son nouveau propriétaire, qui souriait d'un air niais et semblait particulièrement ravi de cette initiative. Je suis remontée dans ma voiture, déçue, jusqu'à ce qu'elle frappe à ma vitre.

« À demain, ma Palo, je ne viendrai pas trop tôt, c'est samedi tout de même. Neuf heures ? Tu me diras tout pour le boulot. »

Puis se tournant vers la maison pour vérifier que nous étions seules :

« Je vais le dévorer tout cru. »

Tu m'as appelée ce même soir, Jacques, pour avoir des nouvelles de Rose. Je t'ai proposé de monter le lendemain puisque c'était week-end, je voulais te présenter Éliane.

Jo et toi êtes arrivés le lendemain, avec les croissants sous le bras. Pimpon, Rose et moi, nous buvions le café dans la cuisine, emballées dans des couvertures. Pas de chance : ce matin-là, la pluie tombait en rideau épais, il faisait un froid de loup.

Jo la Glu a posé un petit chien sur les genoux

de Rose, dont les yeux se sont embrumés instantanément. Après quelques secondes de stupéfaction, elle a expliqué :

« Tu es gentil, Jo, mais je ne veux plus de chien, je m'attache trop. Celui-ci a des yeux globuleux qui ont les pieds dans l'eau, on dirait qu'il pleure, ça me rend vraiment triste.

— Donne-toi un peu de temps, Rose. Cette petite bête a l'air bien douce, nous pouvons essayer de la garder quelques jours, ai-je proposé.

— Et elle est à peu près aussi moche que Wickette, a surenchéri Pimpon en riant.

— C'est un faux carlin, s'est excusé Jo. Son père était… On ne sait pas. Il a encore un peu peur, parce qu'il a connu la rue, les coups de pied, les gros chiens qui voulaient le bouffer, mais je crois qu'il s'habituera vite. C'est un mâle, par contre.

— Appelons-le Wicket alors », a répondu Rose. Elle avait commencé à le caresser tendrement par réflexe, et le sourire qu'elle affichait sans s'en apercevoir signait l'adoption. Le chien la regardait avec toute l'attention du monde et chaque caresse entraînait chez lui un clignement particulier des paupières, accompagné d'un léger ronflement de bonheur.

Philippe et Éliane sont arrivés juste après, séparément, ce qui m'a étonnée.

Nous avons décidé de nettoyer la maison de Rose et nous avons travaillé comme des forçats, une vraie ruche.

Nous avons pique-niqué dans la cuisine, couverts de poussière, et la pluie chantait sur le toit. Rose s'est mise à pleurer sans bruit tout à coup, rattrapée par un subit accès de mélancolie. Tu as fait ton numéro, pour la distraire : Yves Montand, dans je ne sais plus quel film, peut-être *César et Rosalie*, un Claude Sautet de toute façon. À cause de ta chemise blanche ouverte presque jusqu'au nombril, de tes manchettes relevées à la va-vite, de ton sourire.

Quand tu as eu fini, nous avons tous applaudi et crié de joie puis Pimpon a demandé à Rose de chanter quelque chose à son tour.

« Un truc de quand tu étais jeune, Rose. Mais pas un truc qui fout le bourdon, hein ? Comme le gosse de l'Assistance qui meurt de froid sur le trottoir. Un truc un peu plus fun, tu vois, qu'on n'ait pas envie d'aller se pendre, après. »

Rose n'a pas voulu, elle a dit que passer après toi était impossible. Alors tu es venu lui murmurer *La Cévenole* et elle a repris avec toi le salut aux montagnes bien aimées. Espérou, Bougès, Aigoual, vous nous invitiez chez vous et la pluie n'avait plus d'importance. Ta voix forte et rocailleuse descendait les échines coupantes de la corniche, celle de Rose, au début hésitante, coulait au fond des ravins par petits tressaillements. Ce matin-là, je me suis dit que je t'aimais, que je voulais vivre avec toi, quoi qu'il arrive.

Le soir, tu as dormi dans mon lit, pour la première fois. Je me suis allongée contre toi, j'ai pu te toucher. Ton corps sous ma main. Je ne veux

plus rien sentir d'autre, jusqu'à la fin des temps, je veux respirer ta peau, jusqu'à épuisement.

Je ne peux supporter l'idée que tu disparaisses. Je veux que tu restes près de moi, même si tu n'es plus vraiment de ce monde. Je saurai m'occuper de toi. Si malgré mes supplications tu meurs, je m'allongerai à côté de toi et je deviendrai inerte, moi aussi. Nous serons les gisants de Saint-Denis, unis dans la mort et dans la pierre, à jamais.

L'aube du dimanche m'a réveillée, la pluie avait quitté la vallée pour descendre voir la mer. J'ai bu mon café sur la terrasse. Rose m'a rejointe avec Wicket et, contrairement à son habitude, elle m'a demandé sans attendre :

« Pourquoi t'occupes-tu de moi, Palo ? Je n'ai pas d'argent. Tout ce qui est à moi est d'abord à mon fils. Je te préviens, je sais qu'un jour il reviendra pour tout vendre. Ce n'est pas exactement mon fils, c'est le fils de mon mari, Fernand. »

Je lui ai servi le café dans mon bol rose avec des boutons d'aubépine, un bol délicat que Pimpon m'avait rapporté de Londres, lors d'un voyage scolaire. Je le réservais aux dimanches et aux jours fériés, à tous ces jours où j'avais un peu plus le temps d'en profiter. Mes aubépines prenaient une autre noblesse dans les doigts secs de Rose, dans ses mains de travailleuse. Des mains pour éplucher des pommes avec un petit couteau, sans abîmer la chair, sur le bord d'un évier,

pour ciseler des épluchures d'un seul morceau, elles qui savaient d'instinct qu'il ne fallait pas en perdre une miette de ces pommes poussées malgré les gelées tardives, les attaques de parasites, le trop chaud soleil d'août.

Rose m'a raconté qu'elle avait rencontré son mari à la foire de Florac, un beau mercredi de printemps. Fernand vendait des lapins. Vivants, dans des petites cages, des morts aussi, bien écorchés et rangés dans des caissettes. La bonne société raffolait de cette viande parfumée aux herbes aromatiques des montagnes.

Ce jour-là, elle était descendue à la ville pour son rendez-vous annuel avec le chirurgien. Elle boitait toujours un peu depuis l'accident. Elle s'était fracturé les deux tibias en sautant par la fenêtre de sa chambre, pour échapper au curé, qui passait si souvent la main sous sa robe. Il avait convaincu ses parents qu'elle avait besoin de cours de rattrapage, qu'elle était trop mauvaise à l'école, au catéchisme, qu'elle n'aurait pas son certificat d'études.

Les premières fois où il avait eu des gestes déplacés, elle n'avait pas compris, elle avait été surprise. Elle avait sauté le jour où il avait sorti son sexe et qu'il lui avait demandé de le toucher. L'affaire avait été étouffée. Les parents s'étaient tus, contre la promesse d'un petit dédommagement et le paiement des frais médicaux. Rose mettait ça sur le compte de l'impuissance, de la pauvreté, de la peur. Accuser le curé, ça demandait d'avoir des preuves, on risquait de se

retrouver montrés du doigt. C'était la parole des faibles, des incultes, contre celle de la morale établie, contre l'Église tout entière.

Le jour de la rencontre avec Fernand, elle venait d'avoir dix-sept ans, elle se sentait moins boiteuse. Il vendait ses lapins dans le matin d'été, le soleil venait d'apparaître derrière les hautes maisons de la place. Elle l'avait trouvé beau, tout de suite. Il était beaucoup plus âgé qu'elle, veuf, avec un petit garçon de douze ans sur les bras. Fernand parlait avec la mère de Rose, mais elle avait bien vu qu'il la regardait par en dessous, dès qu'il le pouvait, que lui aussi la trouvait à son goût et moins boiteuse que les autres.

Il était venu à la ferme, plus tard, sous prétexte de parler d'un champ qu'il voulait acheter au père de Rose, et dont celui-ci ne voulait se défaire. C'était un arrangement entre les deux hommes, l'un demandait, l'autre tergiversait, la transaction promettait de longs mois de négociation. Une fois le café bu avec les parents, Fernand et Rose étaient partis marcher un peu sur les chemins, sans dire un mot, juste pour sentir l'épaisseur du silence entre eux. Ce silence, c'était celui des gens de la terre où l'on sent bien mieux qu'on ne parle. Fernand avait rapidement demandé Rose en mariage, les parents avaient été d'accord, voire soulagés : leur fille, avec cette histoire de curé, n'était plus tout à fait pure.

Fernand était venu plusieurs fois avec son

fils, Julien, avant le mariage. D'emblée, elle avait senti la méfiance, la colère, le dégoût. Ça n'avait jamais marché. Elle avait tout tenté pour le séduire, pour gagner un peu sa confiance, mais il était resté distant. Il n'avait jamais pu se départir de son regard haineux et de sa rigidité quand elle l'embrassait.

En grandissant, les choses s'étaient un peu arrangées. Julien était parti à l'internat, faire des études d'ingénieur des mines, et il avait libéré Rose de sa hargne, par son absence. Elle était heureuse, elle vivait bien avec son Fernand, il était prévenant et attentionné. Elle n'avait pas eu d'enfant, mais elle n'en n'avait pas le regret.

Un printemps, Fernand était tombé malade. Une hépatite, due à un parasite, l'avait prématurément séché sur place comme une graminée. Il était devenu sec, puis jaune, il avait perdu presque tous ses cheveux. Il avait surtout perdu le goût de vivre. Il passait des heures sous l'auvent de la ferme à scruter l'horizon comme s'il attendait quelque chose. Son cœur s'était arrêté un matin, Rose l'avait retrouvé dans son fauteuil en rentrant du jardin, les yeux grands ouverts qui regardaient la route. Rose était persuadée qu'il y avait quelque chose après la mort, sinon comment expliquer ce large sourire qui illuminait le visage de Fernand ?

À la mort de son père, Julien était revenu pour la ferme. Il ne semblait pas affecté de la perte de son père, le deuil ne l'avait pas rendu plus

tendre, bien au contraire. Il avait des problèmes d'argent, il jouait au Casino, il voulait vendre. Rose avait dit oui, c'était de toute façon bien trop grand pour elle désormais, sans homme. Elle avait seulement négocié de conserver la petite maison dans laquelle elle vivait, mais dont elle n'avait, là encore, que l'usufruit. Avec ses poules, son jardin, elle s'en sortait à peu près. Elle avait continué à aller vendre au marché, des châtaignes, un peu de légumes, des confitures et du vin de noix, de la liqueur de cassis. La mairie fermait les yeux sur sa patente. Elle doublait son petit chiffre d'affaires en été, les touristes appréciaient son visage ridé, son fichu noir, sa table pliable en formica sur laquelle elle exposait sa récolte. »

« Je fais couleur locale, tu comprends ? Quand un Parisien se penche sur mon étalage, je tamponne un peu mes yeux avec un mouchoir en tissu et je fais un sourire de misérable. Là, il m'achète quelque chose, n'importe quoi, même un bouquet d'herbes sèches dont il n'aura pas besoin pour son ragoût. Il le retrouvera tout sec dans son coffre de voiture en rentrant à Paris, et il le jettera à la poubelle en se demandant pourquoi il a acheté ça. »

Elle savait bien qu'une fois morte Julien vendrait tout, et que son passage dans la vallée ne laisserait aucune trace.

« J'ai juste une chose à moi. Une dernière terre de mes parents. Je vais la vendre, tu pourras mettre un peu dans ton toit.

— À une condition, Rose.
— Laquelle ?
— Tu vas commencer par marcher correctement. »

Pimpon s'est levée. Elle a râlé, parce qu'on l'avait réveillée avec nos chuchotements. Jo est descendu juste derrière elle, et cette promptitude, ce regard qu'ils ont eu l'un pour l'autre m'a mis la puce à l'oreille. J'ai regardé ma fille avec plus d'attention. Elle avait changé.

Tu t'es levé aussi, et comme tu es sorti de ma chambre, Pimpon, Jo et Rose m'ont regardée. J'ai plongé le nez dans mon bol de café. Mais tu es venu m'embrasser. Je t'ai aimé plus fort encore pour cette simplicité, pour cette tendresse, que tu exposais sans gêne apparente.

Tu es parti avec Jo la Glu chercher les croissants du dimanche, Pimpon est restée muette. J'étais inquiète, j'avais peur qu'elle ne m'en veuille, ou qu'elle soit triste, qu'elle n'accepte pas.

« M'est avis que saint Jacques va te refaire ton toit, Mamounette, et ça ne tiendra pas du miracle. »

Elle a pouffé d'un rire léger et j'ai respiré à nouveau.

« Je suis d'accord avec toi, Pimpon, il semble que nous aurons chaud cet hiver, a surenchéri Rose. Mais je ne sais pas pourquoi, je devine que Jo la Glu sera là aussi. Pour les travaux nous aurons un apprenti, gratuitement. »

Pimpon a éclaté de rire.

« Rose ! Tu n'es pas une vraie vieille ! »

Nous sommes retournés à la petite maison, rejoints par Philippe et Éliane toujours séparés par cette même gêne que je projetais d'explorer. Jo travaillait dans la cave avec Pimpon, ils balayaient les pierres, ôtaient les toiles d'araignées. Ils faisaient du bon boulot. J'entendais la voix de ma fille, claire et chantante, et les cris d'orfraie qu'elle poussait dès qu'elle trouvait une araignée vivante, noire et velue. Parce qu'elle refusait que Jo les tue, il les prenait délicatement dans sa main, pour les jeter au-dehors.

J'ai pu, dans la matinée, sous le prétexte d'aller laver les draps et les couvertures remonter seule avec Éliane à la maison. Nous avons à peine mis la lessive à tourner et fait chauffer un peu d'eau que je lui ai demandé de but en blanc :

« Alors ? Avec Philippe ?

— Tu ne vas pas en revenir. »

Je me suis assise sur le banc de la cuisine et j'ai écouté la bouche ouverte. Éliane avait été égale à elle-même : chez Philippe, elle s'était ruée sur lui, croyant que son embarras tenait exclusivement à sa trop longue solitude. Philippe, nerveux, l'avait repoussée avec force.

« Il m'a dit avec une voix pleine de colère : tu me touches pas ! Comme ça, je te dis. "Tu me touches pas", avec une voix d'outre-tombe, qui m'a donné envie de me sauver en courant.

Disparu le poète, le rêveur : il m'aurait cassé le bras si j'avais continué. Je me suis ratatinée, ma Palo, je te jure je me suis sentie tellement lamentable. J'ai bredouillé un truc inaudible, et je me suis dirigée vers la porte d'entrée à reculons. Je me suis mise à pleurer. »

Philippe avait vite repris ses esprits, il avait tendu la main, s'était excusé. Il avait expliqué rapidement qu'il ne pouvait rien y avoir entre eux, qu'il avait une orientation sexuelle qui l'empêchait d'avoir une once de désir pour une femme, qu'Éliane n'était pour rien dans ce refus. Il lui avait tout de même servi un verre, mais elle l'avait bu seule et dans un silence quasi glacial.

« C'est dingue. Je ne m'en serais jamais doutée.

— Il est homosexuel, je te dis. J'ai parlé un peu avec lui, ce matin, c'était plus facile. Il fait très attention : il sait bien que les mentalités sont encore trop archaïques ici, pour accepter. Il m'a demandé de n'en parler à personne. »

Je suis restée pensive. Cette révélation ne changeait rien, mis à part la surprise, c'était même assez drôle, au fond, moi qui avais tant manigancé pour qu'Éliane et Philippe tombent dans les bras l'un de l'autre !

À la fin de ce week-end tu m'as dit que tu t'occuperais de mes lauzes. Ce n'était pas exclusivement pour mes beaux yeux : c'était aussi pour monter à nouveau sur un toit, tâter la

pierre et redevenir ce jeune homme appliqué et silencieux que tu avais été. C'était pour tourner la tête vers les crêtes et retrouver le mont Mars.

Quand tu as eu onze ans, Paloma, je suis venue te voir pour ton spectacle de fin d'année, à l'école. J'avais trouvé une excuse pour ne pas y aller, comme à mon habitude, mais cette fois-là, Michel ne m'avait pas laissé faire.

Le spectacle était comme je l'avais supposé : une succession de petites saynètes convenues, abominablement mal jouées, dégoulinantes de bons sentiments. Je n'ai jamais compris quel plaisir peuvent trouver des parents à voir leurs gamins faire les singes sur une scène. Ils n'ont plus de sens critique, ils s'extasient pour des fadaises, et deviennent liquides de stupidité à la simple contemplation de leur patrimoine génétique. J'étais sur les charbons ardents de l'ennui et du mépris.

Et puis ce fut ton tour. Mon tour, devrais-je dire.

Tu t'es avancée sur la scène, une petite fille, ma *fille. J'ai vu tout à coup tes belles boucles brunes, tes yeux en amande qui n'avaient toujours rien de commun avec les miens. Tu n'avais pas de costume ridicule, tu étais juste habillée d'une robe simple que je ne*

connaissais pas. Tu tenais à la main une cage, dans laquelle s'affolait une colombe. Quand les applaudissements ont cessé, l'oiseau s'est assagi et ta voix est montée claire et douce, parfaitement juste.

Dicen que por las noches
No más se le iba en puro llorar
Dicen que no comía
No más se le iba en puro tomar
Juran que el mismo cielo
Se estremecía al oír su llanto
Cómo sufrió por ella
Y hasta en su muerte la fue llamando…

Mes yeux secs de tendresse se sont emplis de larmes. Pas pour toi, Paloma, ce ne sera jamais possible, mais j'ai pleuré sur moi, sur ma dureté, pour cette tristesse que je traîne avec moi comme un boulet. Pour toutes ces occasions manquées d'être heureuse, pour mon adolescence, pour la maison noire des Cévennes, pour l'amour que je ne sais pas donner, ni recevoir.

J'ai tenu bon, je suis restée assise. Les larmes coulaient le long de mes joues. Michel avait pris ma main et m'avait murmuré : « C'est tout ce que nous avons trouvé de pas trop difficile à apprendre, en espagnol. »

J'écoute souvent depuis Caetano Veloso, sa voix si majestueuse. Je l'écoute et je palpe l'abîme de mon chagrin, la profondeur de ma mélancolie.

Je suis un monstre, ai-je pensé. Un monstre. J'ai vu tes yeux pleins d'espoir tournés vers moi, j'ai tenté de sourire. J'ai dû grimacer.

En rentrant le soir, je n'ai pas pu parler. J'ai bu,

beaucoup, je voulais juste dormir. Michel est venu se coucher, je me suis remise à pleurer.

« Il faudra bien un jour que tu me parles, Camille. Je ne veux plus vivre avec ça entre nous. »

J'ai failli tout raconter, il s'en est fallu d'un rien. Il a manqué une autre phrase, un autre encouragement. Mais il n'a rien dit de plus et je ne me suis pas découverte.

Michel a eu son infarctus trois mois plus tard, nous n'avons pas eu le temps de revenir sur le sujet. Il est resté deux semaines entre la vie et la mort comme on dit. J'ai su dès le début, malgré la confiance des médecins, qu'il basculerait vers la mort. Ce n'était pas son destin, c'était le mien, je savais depuis longtemps que je n'étais pas née pour être heureuse. Son cœur a lâché le jour de mon anniversaire, c'est te dire la puissance de cette malédiction qui me frappe.

Après les obsèques de Michel, j'allais souvent au cimetière, je ne me remettais pas de sa trahison : il m'avait abandonnée sans prévenir, il m'avait laissée seule avec deux gamines sur les bras. Au début, j'y allais pour me plaindre, l'insulter parfois sous l'effet de la colère, mais avec le temps, j'ai fini par déborder du cadre. Je lui racontais ma journée, mes espoirs, mes défaites, comme je l'aurais fait avec un psychiatre. J'avais les mêmes réponses à mes interrogations et cela ne me coûtait rien.

Un jour, je me suis entendue lui expliquer qu'il fallait que je retourne dans ce village où j'avais connu ton père. Il fallait que j'enterre cette histoire aussi, que j'en termine avec cet autre chagrin.

J'en ai eu le courage, je ne sais comment. Je vous ai

laissées ta sœur et toi chez Josette et je suis descendue. J'avais peur, je n'étais pas tout à fait sûre de revenir indemne de ce voyage.

Je suis partie un vendredi vers quatre heures du matin. Je voulais arriver tôt dans la matinée : je n'avais que l'hôtel comme point de départ, je voulais attendre devant, pour le voir arriver. Je pensais avoir tout envisagé, évalué toutes les possibilités. J'imaginais que l'Espagnol serait méfiant, peut-être en colère, qu'il me mépriserait, qu'il me décontenancerait ou qu'il me bousculerait. Je pensais, par orgueil, qu'il ne m'avait pas oubliée. J'étais prête à tout et j'avais préparé toutes les réponses, toutes les attitudes à adopter.

Dans la voiture, j'ai retrouvé l'excitation du départ, le jour qui se lève après quelques heures de route, la pause dans un bar de village qui vous sort de votre engourdissement, le bruit du percolateur, le café chaud qui réveille. Quinze ans après, je me souvenais de tout, rien n'avait véritablement changé. J'avais retenu le nom des villes traversées, toutes. J'ai toujours eu la mémoire des lieux, à défaut de celle des visages.

J'ai stoppé net à la vue du parking où papa nous avait laissées pour aller chercher le mécanicien. Il n'y avait personne derrière moi, heureusement. Je me suis garée, j'ai éteint le moteur. J'entendais la voix de maman qui se plaignait de la chaleur, de la voiture, de « l'inefficacité », de « l'inconsistance » de papa. Qui lui reprochait de ne pas savoir réparer un moteur, le comble pour un ingénieur. Pour la première fois de ma vie, j'ai pensé à maman autrement, je me suis demandé ce qu'elle avait dû vivre, elle, pour être si dure, si désabusée. On

ne naît pas pervers, Paloma, c'est la vie qui vous détruit petit à petit, avec plus ou moins de force, plus ou moins d'insistance. Je ne sais pas pourquoi elle s'attaque à certains et pas à d'autres. Comment elle choisit ses victimes. Comment elle décide du modus operandi, si elle va s'acharner à coups de pied, à coups de sexe, à coups de pierre, ou si elle va décider de frapper d'un seul coup, avec une balle en plein cœur. Je la soupçonne d'être perverse et de préférer la torture.

Je suis restée une bonne heure sur le bord de la route. Je ne savais plus ce que je devais faire, je regrettais d'avoir parlé à Michel, même disparu. Je lui en voulais de m'avoir amenée jusqu'ici, la colère montait en moi, violente, terrible.

Elle est tombée d'un seul coup à mon arrivée au village : j'ai appris ce jour-là que ton père était mort depuis un an, vraisemblablement d'un accident vasculaire cérébral. J'ai ri de ma bêtise : la mort, c'était la seule issue que je n'avais pas envisagée, alors que c'est la seule fin possible pour les hommes qui me côtoient. Comment n'y avais-je pas pensé ?

Il s'appelait Manuel Mendoza. Il était devenu berger, il vivait seul, il n'avait pas de famille. Personne ne savait rien sur lui ou presque, mais pour finir dans ce trou, je me suis bien doutée qu'il n'avait pas été meilleur que les autres.

Il ne laissait que cette maison dans laquelle tu as été conçue, qu'il avait achetée pour une bouchée de pain. Personne n'avait réclamé son corps et, comme il n'avait pas un sou devant lui, on l'avait enterré au carré des indigents, en attendant de le mettre à la

fosse commune. J'ai acheté la maison, sur un coup de tête, puisqu'elle était toujours en vente. La revoir, cependant, était au-dessus de mes forces. J'ai essayé, j'ai marché sur la route, mais j'avais peur d'entendre un bruit de mobylette au loin, j'ai rebroussé chemin.

J'en avais assez fait pour effacer le passé, je te laisse sur les traces de ton père. La maison noire est restée comme dans mon souvenir, haute et délabrée, avec la porte ouverte. Elle te revient de droit.

Tu compteras, dans la pièce principale il y a soixante-deux rangées de pierres, du sol au plafond.

Même s'il m'a fallu un cahier entier pour m'en défendre, tu es ma fille, Paloma. Je te l'ai dit plusieurs fois, je ne sais pas aimer, on ne m'a pas appris. Michel a tenté de m'enseigner, et si j'ai fait des progrès, je parle l'amour comme une étrangère. Je fais des fautes, je me trompe, on voit bien que ce n'est pas ma langue maternelle. Bien plus qu'une maison, je te lègue le lourd héritage des gènes des femmes malheureuses, abîmées, abandonnées. Crains qu'ils ne s'expriment et tremble de me ressembler.

Il me faut refermer ce cahier, la fin sera cette nuit, je le sens. L'obscurité viendra me chercher, je n'aurai pas de remords, il n'y a plus rien de caché. Je n'ai que trop vécu cette vie qui n'a pas été à la hauteur de mes rêves, cette vie que le destin m'a imposée et que je n'ai pas su embellir.

Camille

La canicule est arrivée dès le mois de juin. Je me levais seule la plupart du temps, je me glissais hors du lit discrètement, et j'allais boire mon café sur la terrasse dans le silence de l'aube, avant que tout le monde ne s'éveille. J'aimais regarder les Cévennes rosir peu à peu, leur écume de châtaignier mousser d'un vert encore tendre. Mon cœur dévalait jusqu'au Gardon, coulant paresseusement, serpent de vie dans un lit de rocailles blanchâtres et hostiles. Le pont médiéval, immuable, attendait que les premiers rayons du soleil percent l'exiguïté de la vallée. Je remontais ensuite par les sentiers à la pente âpre qui vous coupe le souffle.

L'aube était souveraine. Dans mon dos, la forêt parlait. Ce n'était plus la grande conversation de la nuit, celle qu'elle s'autorise quand les hommes dorment, c'était le murmure sibyllin du matin, fait de mille chuchotements : feuilles qui frémissent, becs qui chantent, herbes qui dansent. Une couverture sur mes épaules, un

café chaud dans mon bol, j'attendais. Il venait enfin ce soleil, il explosait derrière la crête et c'en était fini de la douceur.

Rose me rejoignait alors, Wicket sur ses talons. Jo le surnommait Bouddha, pour son ventre rond et son regard de vieux sage. Le chien faisait partie de Rose au même titre qu'un bras ou une jambe, il ne la quittait plus. Quand elle venait déjeuner, elle tirait une chaise pour lui et il s'installait avec nous. J'étais parfois presque tentée de lui servir un café. Rose ne parlait jamais la première, elle me laissait l'inviter. Si je tardais, elle interrogeait Bouddha-Wicket, en lui posant des questions auxquelles je finissais par répondre. Quoi qu'il arrive, elle lui faisait toujours une microscopique tartine de beurre, qu'il mâchait en soupirant de plaisir avec toute la puissance de son nez écrasé.

Pimpon, revenue pour les vacances scolaires, dormait dans sa chambre. Tu vivais à la maison quasiment à plein temps, tu ne descendais plus à Alès que pour signer quelques papiers importants et là encore, le plus épisodiquement possible, puisque Pierre imitait ta signature à la perfection. Tu avais entamé les démarches pour en faire un associé.

Tu t'étais trouvé un ami sûr à qui confier ton entreprise, je m'étais déniché une mère à aimer : Rose, jour après jour avait récupéré des forces et je m'étais aperçue qu'elle avait pris une place immense dans la maison et dans ma vie, malgré sa constante discrétion.

Ce matin-là, et comme chaque fois que c'était important, Rose a chuchoté sans plus attendre :

« Je voudrais que tu m'accompagnes au cimetière, aujourd'hui. Trouveras-tu une petite heure dans ta journée ?

— Bien sûr, Rose, ou peut-être pourrais-je demander à saint Jacques d'aller avec toi, il ira voir un peu ses parents, par la même occasion.

— Ah non ! C'est avec toi que je veux y aller. Voir les morts me fait souvent pleurer, je ne voudrais pas me donner en spectacle devant un homme.

— Tu penses que les hommes ne pleurent pas, Rose ?

— Si, bien sûr, et bien plus que nous. Mais ils s'étouffent de chagrin et se consument d'un seul coup. Il leur faudra encore quelques siècles avant qu'ils ne s'autorisent à gémir, à hurler, à crier leur détresse à la face du vent et du monde. Nous, nos mères nous ont appris qu'il faut pleurer pour que la douleur s'échappe et aille brûler ailleurs, au lieu de nous rôtir les entrailles. »

Nous sommes donc descendues toutes les deux, en début d'après-midi. Je n'avais pas vraiment envie, il faisait chaud, je t'avais vu t'allonger sur le lit, j'aurais préféré me coucher contre toi, pour faire la sieste.

Toutes les grilles de cimetière grincent, celle-ci pas moins que les autres. Je suis entrée en souriant, sans savoir ce qui m'attendait. Rose

a filé droit devant elle après m'avoir lancé un énigmatique : « suis-moi ».

Elle a stoppé devant une pierre assez petite, légèrement en retrait où il était écrit très simplement : *Manuel Mendoza 1953-1994.*

« Paloma, voilà ton père. »

J'ai eu le souffle coupé. Incrédule, je la regardais sans comprendre. Une tristesse extraordinaire est montée en moi, je me suis pliée en deux, avec cette sensation d'avoir pris un coup au ventre, je suis tombée à genoux devant la tombe. Rose m'a caressé les cheveux, elle répétait « pardonne-moi, pardonne-moi ». Et puis elle a fini par dire : *pardonne-lui.*

Dès que j'ai pu reprendre un peu de raison, j'ai demandé :

« J'ai tellement besoin que tu me racontes, Rose. Tellement besoin. Je n'ai pas imaginé une seule seconde qu'il avait une tombe. Ma mère m'a dit qu'il était dans une fosse commune, je n'ai pas voulu la voir.

— Ces chiens de la mairie l'auraient mis à la fosse si je n'avais pas été là. C'est moi qui ai payé la dalle et l'emplacement. »

Rose avait bien connu mon père et si j'en voulais une description physique, c'était facile : je n'avais qu'à me regarder dans une glace, j'étais sa copie conforme. Mêmes cheveux, mêmes yeux, même peau. Elle-même n'en revenait pas de cette ressemblance, et le premier jour où elle m'avait vue, son cœur s'était arrêté quelques

secondes en m'apercevant au loin. Elle n'avait pas perçu que j'étais une femme avec mon jean et mes cheveux dissimulés sous mon bonnet, elle avait cru voir Manuel revenu du royaume des morts. Nous avions la même attitude, la même façon de marcher. Elle avait ensuite compris que j'étais une fille, sa fille. Elle avait été surprise, il ne lui avait jamais parlé de moi, il avait juste évoqué une jeune femme de passage qu'il avait aimée dans sa jeunesse. La fille de riches touristes, un peu sauvage, et très mélancolique. Il regrettait de ne pas avoir pu communiquer avec elle. Rose n'était pas sûre qu'il n'y ait eu que la barrière de la langue entre eux, mon père était un silencieux. Il était bien mort d'un accident vasculaire cérébral, comme l'avait écrit Camille. Il s'était endormi un soir, tranquillement, et le matin, c'était fini. Le docteur avait dit que le sang avait inondé son cerveau d'un seul coup, qu'il ne s'était pas vu mourir, qu'il n'avait pas souffert.

« Comment tu sais tout ça, Rose ?

— Il y avait une femme dans son lit, la nuit de sa mort, une femme que sa froideur a réveillée. Cette femme, c'était moi.

— Toi ? Rose ?

— Oui, moi. Qu'y a-t-il de si saugrenu ? À cette époque, j'étais encore jeune, j'avais le corps rond et les seins fermes. J'avais la peau lavée d'eau du ruisseau. J'avais perdu Fernand et j'étais fragile comme une mésange, mais je donnais mes

derniers feux. J'ai aimé ton père, follement, et je crois qu'il m'a rendu cet amour. »

Rose a déplié son grand châle, qu'elle a lissé de la main, et nous nous sommes abritées du soleil qui nous grillait le dos, assises derrière la pierre tombale. Par un réflexe de petite fille, je me suis collée contre elle et j'ai posé la tête sur son épaule. La douleur au ventre s'espaçait, j'attendais la suite du récit, impatiente.

Quand elle avait rencontré Fernand, elle était vierge et très craintive à cause du curé, de ce sexe qu'elle avait aperçu et surtout de ce regard libidineux qui lui avait fait si peur. Fernand avait été compréhensif, il avait éteint les lumières, elle s'était tout de suite sentie en confiance. Elle savait bien ce qui allait se passer, elle avait vu les animaux à la ferme, elle pensait bien que pour les humains, ça devait être pareil. Le plaisir ? Elle ne l'avait pas senti. La douleur ? Non plus. Fernand l'avait embrassée, caressée, elle se sentait prête, elle l'attendait. Fernand était beaucoup plus âgé qu'elle, il avait des problèmes de cœur, il ne lui faisait l'amour que rarement. Leurs étreintes duraient peu, ce n'était pas désagréable, elle n'avait pas l'impression de subir. Quand Fernand était mort et qu'elle était arrivée ici, Manuel habitait déjà cette maison bien trop vaste. Il bricolait un peu dedans pour l'empêcher de tomber en ruine, mais son univers, c'était plutôt les drailles, sur lesquelles il

menait son troupeau. Il disparaissait de longs mois dans les solitudes pierreuses. Rose s'était toujours demandé pourquoi il avait acheté cette maison dans laquelle il ne passait finalement que l'hiver. Ce monstre de schiste qui engloutissait sa pauvre paye aussi sûrement qu'un ogre dévore ses propres enfants.

Les yeux fixes, Rose revivait leur rencontre. C'était un soir où il descendait boire une bière avec les hommes, au bar du village. Il marchait tranquillement, la chemise ouverte, un pantalon de mauvais coton qui laissait deviner ses jambes musclées. Les cheveux noirs comme une nuit de sabbat et les yeux de la belle de Cadix. Il se sentait bien dans les Cévennes, il disait que ça ressemblait à sa Sierra Nevada natale, à son village de Lanjarón. Il y avait de la neige chez lui aussi, et parfois, comme ici, elle restait sur les hauteurs.

« Tu es tombée amoureuse de lui tout de suite ?

— Amoureuse, je ne sais pas. Je ne savais pas vraiment ce qui m'arrivait. Mais la nuit, je faisais des rêves où il venait me prendre. Au réveil, je me disais que j'étais folle, que c'était mes humeurs qui me travaillaient, que j'avais encore le manque d'homme malgré mes quarante-deux ans. Je ne suis pas allée au jardin pendant plusieurs jours pour ne pas risquer de le croiser. »

Et puis un soir, elle était montée chez lui, elle avait frappé à sa porte et elle s'était jetée à sa

tête. Elle avait osé lui dire le désir qu'elle avait pour lui. Cette nuit-là elle avait découvert le plaisir, il lui avait traversé le ventre et l'avait laissée essoufflée de reconnaissance. Manuel était de huit ans son cadet, mais elle avait tout découvert avec lui : dans ses bras, elle se sentait *une jatte de lait tiède.*

« Pour ma mère, ce fut différent. Elle m'a écrit qu'elle n'avait jamais eu de plaisir avec lui. Elle en a gardé un très mauvais souvenir.

— Parce que le désir, l'amour est un concours de circonstances. Comment pourrais-je t'expliquer ? Quand je voyais ton père, c'était une promesse d'orage. Tu sais, quand tout est sec, que tout se meure, que l'eau manque. Tu vas sous le soleil brûlant, la chaleur te mène au bord de l'asphyxie, et tu cours ramasser ton linge, parce que le ciel est noir là-bas vers le col et que tu sais que dans quelques minutes, ce sera la tempête. Tu rentres dans la pénombre de ta maison, haletante et heureuse d'avoir eu le temps de dépendre, les bras chargés d'odeurs d'herbe et de lessive mélangée. À peine le linge posé sur la table, l'éclair te fait perdre la vue, le tonnerre te rend sourde et la pluie te soulage. Ton père, pour moi, c'était ça : l'orage au bon moment, après une journée torride passée à l'attendre. »

Parfois, pour son plus grand bonheur, Rose se réveillait encore secouée d'un rêve du passé, d'un souvenir de l'amour qu'il lui faisait, et

elle jouissait d'une simple pression de son sexe, comme si sa chair n'avait pas oublié.

« Jusqu'à ma mort, Paloma, j'aimerai ton père. Jusqu'à ma mort, je me souviendrai de ces nuits où je partais à sa recherche sur les sentiers des plateaux. Appelle-le comme tu veux, instinct, amour, je ne mettais jamais plus de quelques heures à le retrouver, il était souvent du côté de Fontmort. Je passais les fins de nuit avec lui sous la lune ou dans la brume. Je redescendais apaisée, le corps fatigué et le cœur transformé en aster de septembre, lumineux dedans, ébouriffé sur les bords. »

J'écoutais Rose et je faisais le parallèle avec ce que je ressentais auprès de toi, Jacques.

« Je viens souvent ici, près de ton père, pour oublier que je suis une vieille femme à présent, sèche comme un schiste qui craquelle sous le froid de l'hiver. Je lui parle de l'amour qu'il me faisait, des caresses et des baisers, je m'applique à ne pas oublier. »

J'ai réfléchi un moment.

« Rose, tu n'as pas peur d'être une mante religieuse, avec tous ces hommes qui sont morts autour de toi ?

— Quelle idée ! Une mante religieuse ? Non, Paloma, je ne suis qu'une simple femme. Une simple femme, qui n'aime que les héros. C'est la punition pour celles qui ont ce penchant : les héros meurent jeunes et les femmes qui les ont aimés vivent vieilles pour les pleurer encore plus longtemps. »

Ce soir, Jo la Glu est resté dormir à la maison, il est malade. Une belle angine, de celles qui mettent à terre même les plus solides. Je m'occupe de lui puisque Pimpon est à Paris. J'ai appelé le CFA pour prévenir de son absence, comme si j'étais sa mère et qu'il avait dix ans. J'écris à côté de lui, il dort. Je le regarde et je me dis qu'il symbolise à lui tout seul la félicité de ces moments heureux que j'aime à me remémorer.

Jo s'est installé chez Rose dès le début du mois de juin. Nous étions convenus que la maison devait être repeinte en vue d'une future location et tu lui avais délégué le chantier, sous prétexte que la peinture, ce n'était pas ta tasse de thé. Je te soupçonne de l'avoir fait exprès, Jacques. Jo a cette patience du geste qui signe le talent. Il sait tout faire, tout fabriquer, ou à peu près. Il suffit d'exposer un problème au repas, et il revient quelques heures après avec une solution. Mais là où je suis le plus admirative, c'est pour ses meubles. On peut faire de

lui un heureux en lui cédant quelques vieux morceaux de bois de châtaignier, de chêne, ou de merisier. Il ponce, scie, assemble, et fabrique des tables, des commodes, des coffres. Il sculpte ensuite des motifs naïfs avec des coqs de son pays d'origine et des feuilles de châtaignier d'ici, d'une rare beauté.

Jo a travaillé de longues journées à reboucher tous les trous, à refaire l'enduit, à repeindre d'un blanc éclatant, et finalement c'est lui qui a loué la maison.

Il vit tout près de nous, mais je ne le vois quasiment jamais : il court toujours par monts et par vaux pour faucher des prés, retourner un jardin, peindre une porte, faire des petits boulots pour untel ou untel. En plus de son alternance, il gagne sa vie en rendant service, on lui glisse la pièce généreusement puisque le résultat de son travail est toujours supérieur à ce que l'on a demandé. Je ne sais pas quand il dort.

Dès le 1er juillet, Rose a trouvé sur le buffet de la cuisine une enveloppe bleue, dans laquelle il avait glissé deux cents euros pour prix du loyer. Rose n'a pas voulu de cet argent, elle a rangé les billets dans une boîte en fer, puis a fini par ouvrir un livret A au nom de Jo à la Poste, sans le lui dire.

Pimpon l'aime, de cet amour exclusif de la jeunesse. Elle le trouve merveilleux et l'aide pour ses cours. Il s'applique pour qu'elle le trouve intelligent, pour qu'elle soit fière de lui.

De fait, elle l'est : son élève, grâce à elle, est le meilleur de sa classe.

Jo est pour Pimpon d'une attention de tous les instants : il lui confectionne mille et une babioles, répare son vélo, huile sa porte de chambre grinçante, apporte un œuf du jour pour son petit déjeuner. Il la regarde comme si elle était en lice pour le prix Nobel de physique, ou si elle avait construit de ses mains le viaduc de Millau.

Jo a repris le jardin de Rose, elle ne monte plus que pour lui donner des conseils, expertiser une attaque de cochenilles ou de mildiou, proposer des traitements à base de jus d'ortie ou d'infusion de mégots. Il travaille souvent torse nu, et quand il se repose parfois quelques minutes, rouge de sueur et la tête sur ses genoux, il me rappelle un tableau de Flandrin, le *Jeune homme nu assis au bord de la mer*. Les mêmes boucles noires, la même attitude, la juvénilité alliée à la force.

Quand il juge que Pimpon a passé de trop longues heures à travailler, il l'emmène se promener sur le mont Mars, et je sais qu'ils se construisent là-haut une cabane, avec un mirador pour apercevoir les ennemis arriver. Le jour où je t'ai demandé d'où venait cette envie que vous aviez tous, sur cette montagne, de construire des bâtiments militaires, de fabriquer des arcs et des flèches acérées, tu m'as répondu :

« N'oublie pas que c'est le mont Mars. Mars, le dieu de la guerre. Son esprit court parmi les bruyères. »

Jo a même réussi à séduire Georges, et ce n'était pas partie aisée : depuis sa sortie de l'hôpital psychiatrique, il ne supportait vraiment plus personne et travaillait en moine cistercien sur ses toits, ne descendant que pour vitupérer contre le monde entier. Un matin où Jo riait de ne plus l'entendre se plaindre, Georges lui avait confié :

« Je ne sais pas où saint Jacques t'a ramassé, p'tit, mais pour une fois je crois bien que c'est bingo. Tu bosses bien, tu fermes ta gueule, pas besoin de te montrer plusieurs fois le même truc. Y a deux choses qui ne trompent pas : la première, c'est que tu arrives toujours avant moi sur le chantier et qu'au lieu de m'attendre comme un abruti, tu commences à préparer le boulot, les petits trucs que tu sais faire, j'aime bien. La deuxième, c'est que je t'ai vu retourner les lauzes, les tâter, les peser, les faire sonner un peu pour voir ce qu'elles ont dans le ventre, et ça, je ne te l'ai jamais montré, tu as trouvé tout seul. Je t'ai vu aussi passer la main sur le bois pour connaître son âge. Je peux te faire confiance, il faut qu'on te donne ta chance. Tu peux aller plus loin que le CAP, je t'aiderai. C'est bien la première fois que j'ai envie d'aider un apprenti. Tu sais pourquoi ? Parce que tu nous ressembles, à moi et saint Jacques, mais y a un truc en plus : t'es moins con que nous deux réunis. »

Rose m'apporte une tisane pour me détendre, une tisane dont elle a le secret, et je la remercie.

Elle a laissé la porte un peu entrouverte pour nous surveiller, elle a vu mon cahier, elle sait à qui j'écris.

« Embrasse-le pour moi. »

Elle est droite comme un I, Rose, maintenant. Elle a ressuscité. Je crois qu'elle nous a attachés à elle d'abord avec l'estomac, avec ses repas de mère devant lesquels nous aimons tant nous attabler. Je me suis laissé faire avec joie et paresse, je n'ai jamais été une vraie cuisinière. Elle mijote toujours ses viandes, que tu apprécies tant. Je t'ai toujours trouvé particulièrement malin avec elle. Tu sais ce qu'il faut dire pour la rendre heureuse. Je t'entends encore lui bramer par-dessus la table et devant tout le monde : « Rose ! Votre terrine est meilleure que celle de Paloma, mais ne lui dites pas, elle m'arracherait le cœur avec les dents ! », « Rose, votre salade de foies de volaille, je la mangerais sur la tête d'un pouilleux ! », « Rose, votre daube n'a pas d'égale même à Aubenas », etc.

Et finalement, Rose est retournée au marché dès la mi-juillet. C'est Jo, son fournisseur. Ils ont monté tous les deux une SARL tacite. Il s'occupe des poules, des lapins, et il a toujours quelques salades, quelques carottes, quelques haricots verts à donner. Il se lève tôt le week-end et part avec Rose dans la montagne, elle lui enseigne les plantes. Ils fabriquent des petits bouquets parfumés, ratissent tout ce que la nature peut donner et constituent leur fonds de commerce mieux qu'à Rungis. Depuis cet automne ils reviennent

avec des pleins paniers de champignons, de mûres, des cagettes de pommes et de pruneaux. Ce matin c'était de magnifiques bolets, à la mousse bien claire dessous, et au pied jeune et sain. Demain nous ferons l'omelette que tu aimes tant, mais j'en garderai un peu pour Jo, quand il ira mieux. Je suis sûre qu'il a pris froid dans les bois. Ces deux-là, quand ils partent aux champignons, ils ne voient plus les heures, ni ne sentent la pluie les rincer, je suis toujours inquiète de leur retour.

Pimpon et moi, nous aidons Rose comme nous pouvons, je récupère des fruits un peu partout, des verrines, des bouteilles avec de belles formes et nous faisons toutes ensemble des confitures, des pâtes de fruits, des sirops et des liqueurs qui ont un franc succès. La veille des marchés, nous confectionnons des cakes, des bouquets de lavatères et de gypsophile du jardin, des choses simples qui agrémentent son étal. Il ne manque que tes ardoises, Jacques, mais Jo m'a dit que bientôt il saurait les faire. Pour les petits fruits, Rose a un assortiment de vieilles boîtes en plastique de récupération encore toutes collées d'étiquettes de glace ou de margarine qui me répugnent.

« Je pourrais t'acheter des barquettes à Saint-Jean, Rose, si tu veux, ça ferait un peu plus propre.

— Tu rigoles ? C'est fait exprès mes boîtes. Va pas me casser mon marketing avec tes idées de Parisienne. »

Le business de Rose est devenu plus que rentable, même en partageant avec Jo. Elle est passée à la mairie payer sa patente, avec fierté.

Philippe vient souvent boire un verre, et ça me rappelle les soirs où vous buviez tous les deux sur la terrasse. Je vous entendais discuter, rire par intermittence. Quand je sortais, vous deveniez tout à coup silencieux, les yeux perdus sur les montagnes et vous preniez des airs d'enfants de chœur.

« Vous parlez de quoi ?

— De boulot. »

Je vous laissais à vos mensonges, je sentais bien que j'étais de trop, que vous aviez des choses à vous dire. Mais je mourais d'envie de savoir quel était le sujet de votre conversation, même si je supposais que vous parliez d'Éliane et de moi.

Elle rappliquait souvent elle aussi, et Philippe n'en semblait plus ennuyé. La gêne avait disparu entre eux, et, au contraire, une grande complicité s'était installée. S'ils n'arrivaient pas ensemble, ils s'asseyaient toujours l'un à côté de l'autre. Ils se cherchaient des yeux, de la voix, et si l'un posait une question, l'autre répondait avant tout le monde. Il y avait entre eux une gémellité qui ne laissait pas de m'étonner.

Je posais parfois la question des hommes à Éliane quand nous étions au travail. Elle éludait le problème du sexe en me disant que la montagne l'apaisait, qu'elle se sentait comme « en jachère », qu'elle se reposait. Elle pensait

comprendre enfin ce que l'on entendait par « lâcher prise ». Elle disait qu'elle s'était pensée ville, mais qu'elle se découvrait campagne.

Grâce à Jo, tu avais eu l'idée de prendre des stagiaires pour l'été, la maison bruissait sans cesse, de conversations, de bruits de marteau, de cavalcades dans les escaliers. Tu as d'emblée rayonné sur tout le monde. Pimpon a contaminé l'assemblée, tu as été sanctifié dès le premier jour. Saint Jacques le Majeur est descendu parmi nous, sauf pour Rose qui continuait à te donner du *Monsieur Jacques*, mais avec un je-ne-sais-quoi d'irrévérencieux dans le ton, qui faisait penser à Jeanne Moreau dans *Journal d'une femme de chambre*.

J'entendais ta voix ferme venue du ciel de mon toit, sans distinguer les paroles, je percevais le silence de l'auditoire, et puis, soudain, un éclat de rire général, qui ponctuait une de tes plaisanteries. Je savais que tu faisais ton cinéma entre deux lauzes, que tu amusais la galerie. Mais ce qui me touchait le plus, c'était l'évident plaisir que prenaient tes stagiaires à bosser avec toi. Je les entendais parfois, ils ne tarissaient pas d'éloges. J'étais tellement fière.

Je crois qu'on pourrait parler de résurrection pour toi, Jacques, pour rester dans un vocabulaire religieux. Tu revivais, n'est-ce pas ? Dès le petit déjeuner, tu avais un mot pour chacun, tu faisais le programme de la journée. Tu étais sur le toit avant tout le monde, et tu m'avais dit

que c'était ton moment préféré : la brume d'été s'évanouissait, il faisait déjà chaud. Les oiseaux chantaient moins qu'au printemps, mais c'était encore la fête, et les insectes, dès huit heures, prenaient le relais.

Tu rajeunissais à vue d'œil. Tu me faisais l'amour souvent, tu chantais, je devinais que tu étais heureux.

J'ai vécu le plus doux des étés et je regrette si vivement le soleil d'alors. Lors de nos longues soirées tous ensemble, il flottait ce bel air de vacances, ce parfum de bonheur dont je ne crois pas avoir assez profité.

Le Sud, je ne m'étais pas trompée, celui de la tombée du jour, *et toujours en été.*

Heureusement que je n'ai pas pressenti la fin prochaine du bonheur, j'aurais vécu dans l'inquiétude, celle que l'on ressent les derniers jours de vacances parce qu'il faudra bientôt rentrer, refaire la route, abandonner les aubes pures pour retrouver la grisaille urbaine.

Quand les ennuis sont arrivés, ils m'ont laissé le sentiment ancestral d'avoir fauté et d'avoir été chassée du paradis.

C'est au début de septembre que les soucis ont commencé, avec le retour de Julien, le beau-fils de Rose. Un oiseau de mauvais augure, ce type. Il traînait avec lui toutes les plaies d'Égypte.

J'étais en train de faire ma tournée avec Éliane, quand il a surgi comme un criquet sournois, un midi au milieu du joyeux bazar. Il est passé chez Rose et il est tombé sur Jo, qui repeignait sa barrière d'un beau vert wagon. Jo a joué avec intelligence l'ouvrier étranger qui ne comprend pas grand-chose, qui est juste là pour faire ce qu'on lui a commandé et a invité Julien à aller demander la patronne, dans la maison plus haut. Il a tout de suite senti quelque chose de nocif chez ce grand garçon un peu voûté, au regard fuyant. Julien a été très étonné du nouvel aspect de la maison, des haies parfaitement taillées, de la terrasse propre, de la porte d'entrée neuve. Il est monté voir Rose et l'a trouvée devant les fourneaux. Il a eu à peine le temps de dire bonjour, que tu es descendu avec tes gars et que tu

l'as invité à s'asseoir avec nous. Seul Bouddha-Wicket a montré de l'hostilité : lui d'ordinaire si paisible, il a grogné à l'instar d'un vrai pitbull.

Rose est devenue fébrile. Elle s'est occupée de son repas mécaniquement et l'on sentait bien que son esprit était ailleurs et qu'elle devait se demander ce que Julien pouvait lui vouloir ? Le petit sarment du Médoc a réapparu, il s'est recroquevillé d'inquiétude.

Julien n'a pas attendu la fin du repas pour expliquer d'un ton plaintif le pourquoi de sa venue, sans honte, devant tout l'auditoire pétrifié. Il venait pour l'argent. Il avait perdu au jeu, encore. Ce n'était pas de sa faute, c'était le monde entier qui s'était ligué contre lui pour le faire chuter, une histoire de mauvais karma, de mauvaises rencontres. Une fois exposé sa misère, il a changé de ton et il est passé aux ordres, sans ménagement. Il allait vendre la maison. Ce n'était pas une proposition, il vendait, point. Il voulait « éviter les cris, les pleurs et les grincements de dents », comme si c'était une chose banale que de virer de sa propre maison une femme âgée. Tu semblais calme, Jacques, mais je sentais que tu te contenais. Après le dessert, quand tout le monde s'est levé, tu es resté en patriarche au bout de la table, Jo est venu s'asseoir à côté de Rose et lui a pris la main. Le regard de Julien s'est obscurci davantage.

Rose n'avait pas le choix et elle se moquait de cette maison, ses souvenirs de jeunesse étaient

attachés à la ferme de Fernand et ses souvenirs de femme étaient ici, dans la maison de Manuel.

« Tu peux vendre, mais tu auras du mal. La maison est petite, le terrain en pente, le jardin n'est pas attenant. La fosse septique n'est pas aux normes, l'électricité non plus. Je ne crois pas que tu en tireras grand-chose. Je signerai ce que tu veux.

— Tu as raison, Rose, as-tu répondu avant que Julien n'ouvre la bouche, mais tout de même, j'ai peut-être un acheteur. Si vous n'êtes pas trop gourmand… »

Julien a proposé une somme honnête, il s'était renseigné, il connaissait le prix du marché. Tu as promis de contacter ton éventuel acquéreur.

Après l'avoir raccompagné, et lorsque nous sommes tous revenus pour savoir le fin mot de l'histoire, tu as ri de l'attitude de Rose et tu l'as complimentée :

« Je n'ai rien eu à faire. Rose a été sublime. Sublimissime, devrais-je dire. Jules César congédiant Brutus. Elle l'a toisé et après un "Adieu, Julien" qui est tombé comme une guillotine, elle s'est retirée, magistrale, il ne manquait plus que l'enroulement de toge. Paloma, je t'assure, le grand Julien arrogant s'est ratatiné comme une vieille figue. J'ai raccompagné le traître jusqu'à sa voiture, j'ai fait l'effort de rester poli, mais je n'avais qu'une envie, c'était qu'il dégage le plus vite possible. Il n'a pas osé me tendre la main, il a bien perçu l'épaisseur de mon mépris. »

Ton idée, c'était que Jo achète la maison. Tu

as proposé de l'aider, financièrement, de lui donner une somme de départ, et de te porter garant pour la banque. Jo rembourserait petit à petit avec ses premières payes. La négociation a eu lieu le soir même, au jardin. Il s'est ensuite jeté dans tes bras et je t'ai vu, Jacques, d'abord rigide, finir par te laisser aller à le prendre contre ta poitrine. Je n'ai pas pu distinguer le plus ému des deux.

Dès le lendemain, et comme pour se venger d'une longue période de sécheresse, se sont abattues les grenouilles : il a plu à verse, impossible de monter sur le toit. L'épisode cévenol avait des allures de déluge, on croyait que la vallée finirait noyée avant peu. Le Gardon s'est mis à charrier de la boue. La grêle est arrivée en début d'après-midi, elle a dévasté le jardin de Jo, qui a tenté pendant une demi-heure de couvrir ses légumes avec ce qu'il pouvait trouver : bâches, couvertures, seaux. Pimpon lui hurlait de rentrer, morte de trouille, et moi je m'accrochais à elle, l'interdisant de l'aider : je n'oubliais pas que la dixième plaie est la mort des premiers-nés, je redoutais une foudre divine qui me priverait de ma fille.

C'est ce jour-là que j'ai commencé à avoir peur de perdre ce bonheur fou que j'avais l'impression de vivre depuis mon installation ici. Peur de devoir payer quelque chose en échange. J'ai commencé insidieusement à penser que la malédiction s'abattrait sur toi, un jour ou l'autre,

pour mieux me faire souffrir. J'étais du sang de Camille, elle était réapparue dans mes rêves pour m'annoncer une inévitable fin prochaine. Je me réveillais angoissée, et je te regardais dormir, innocent. J'étais seule avec mes fantômes et mes craintes.

J'ai encore dans la bouche le goût du pain au chocolat de ce jour où tout a basculé, le souvenir de ma lenteur à me réveiller, de ma joie en voyant arriver Éliane en avance : j'aimais avoir le temps de boire un dernier café avec elle avant de commencer la tournée. Tu étais déjà sur le toit, tu m'as fait un grand signe quand nous sommes parties.

Nous avons débuté notre tournée par Séraphin. Il était curieux, à nous dire toujours la même phrase : « Est-ce que tu peux m'aider ? » Je répondais que bien sûr, nous étions là pour ça, et j'ai demandé ce que nous pouvions faire pour lui. Éliane a été plus perspicace que moi, elle a souvent une vision des choses très pragmatique, son ressenti a presque toujours valeur de diagnostic.

« Palo, il a fait un AVC.

— Quoi ?

— Je te jure, il est bizarre. Cette phrase qu'il répète en boucle. Il n'a plus toute sa tête. »

Je me suis retournée vers le vieil homme.

« Mais si, vous êtes comme d'habitude, n'est-ce pas, Séraphin ? Nous allons vous aider pour aller un petit peu au fauteuil, et nous ferons votre lit. Éliane vous lavera le dos et je changerai les draps avant votre insuline.

— Est-ce que tu peux m'aider ? » a-t-il répondu, imperturbable. J'ai vu tout à coup quelque chose de vitreux dans son regard, qui m'a fait froid dans le dos. Éliane avait raison. J'ai appelé Philippe, il est venu avec l'ambulance sur ses talons. Il a tout de suite décidé de le descendre à Alès, il avait déjà prévenu les urgences. Séraphin se laissait trimbaler sur son brancard sans plus rien dire, déjà dans un autre monde. J'ai vu Philippe toucher l'épaule d'Éliane, en partant, pour la réconforter. Une petite attention fraternelle qui m'a fait plaisir, j'étais contente de cette amitié entre eux.

Une fois l'ambulance partie et Philippe redescendu à ses consultations, nous sommes restées un long moment sur le pas de la porte, un peu sonnées, à regarder les alentours, le jardin en friche, les vieilles ruches de châtaignier. J'ai fini par m'asseoir et j'ai fumé seule une cigarette, Éliane avait décliné mon offre avant de s'asseoir elle aussi.

« J'arrête de fumer.

— Oh ? Quelle bonne idée ! Il faudrait que je songe à m'arrêter, moi aussi. »

J'étais triste, Séraphin était la mémoire de la région, j'avais le sentiment d'avoir perdu les archives complètes de toute la vallée.

« Tu crois qu'il reviendra ? j'ai demandé, alors que je connaissais la réponse.

— Palo, il a quatre-vingt-douze ans.

— Nous aurions peut-être dû le garder là. Il va mourir à l'hôpital.

— Il ne va pas s'en rendre compte, il est déjà parti. Il reviendra au cimetière, et t'inquiète, sa montagne, il ne la quittera plus jamais. »

Je m'apprêtais à faire mon petit laïus sur la mort, à sortir tous mes poncifs sur le cycle de la vie, mais elle ne m'a pas laissé continuer.

« Palo, je suis enceinte.

— Pardon ?... De qui ?

— Philippe.

— Philippe ? Mais tu m'as dit...

— Qu'il n'aimait pas les femmes ? C'est toujours le cas. »

Je ne savais pas comment réagir. Je me sentais osciller entre le fou rire nerveux ou les pleurs.

« Tu veux un café quand même ? ai-je dit bêtement pour me laisser un peu de temps. Séraphin a de la poudre.

— Non, le café, je ne peux plus, rien que sentir son odeur, j'ai envie de vomir. Je vis sur le radeau de la *Méduse* en permanence et j'ai la nausée H24. »

J'ai écouté Éliane m'expliquer tout ce que je ne savais pas.

Après sa première soirée difficile avec Philippe, elle avait fait le deuil d'une relation avec lui, elle avait accepté sa proposition d'amitié du bout des lèvres, et si elle avait promis de revenir

parfois le soir, pour un simple verre, elle s'était juré d'espacer rapidement ses visites.

Au début, elle descendait très épisodiquement, un peu comme une pénitence, un acte de contrition. Ensuite, c'était devenu, à sa grande surprise, une habitude agréable puisque, une fois l'histoire de séduction passée à la trappe, elle s'amusait bien avec lui, ils jouaient à des jeux de société comme des enfants. Elle gagnait toujours au Monopoly, il était trop gentil. Elle avait fini par descendre tous les soirs. Elle était tombée véritablement sous son charme. C'était pour elle un homme comme elle n'en avait jamais connu. Il avait fini par l'intéresser à ses photos, en inventant un jeu : il lui montrait un paysage qu'il avait immortalisé et elle devait deviner ce qu'il avait voulu dire, ou montrer, en un seul mot. Il était heureux quand elle hurlait « Symphonie » à la vue statique d'un petit ruisseau, ou « Pureté » pour un asphodèle. Il lui faisait remarquer qu'elle avait du vocabulaire, qu'elle était surprenante, intelligente, des qualités qu'aucun homme avant lui ne lui avait octroyées. C'était bien la première fois qu'on ne lui parlait pas exclusivement de son physique. Ils avaient de grandes discussions, jusque tard dans la nuit. Ils s'étaient aperçus qu'ils cherchaient la même chose : l'amour parfait, et que ni l'un ni l'autre ne l'avaient trouvé. Il n'existait pas, ou il n'était pas fait pour eux, ils avaient un don commun pour aimer des sans-cœur qui profitaient allégrement de leurs faiblesses, de leur avidité

d'amour. Ils se demandaient parfois s'ils étaient tombés sur les mêmes partenaires, tant les histoires étaient similaires et, en riant, ils finissaient toujours par se donner des noms pour vérifier qu'il ne s'agissait pas des mêmes. Une chose les rapprochait plus que tout : ils voulaient un enfant. Ils avaient commencé à l'imaginer, à en parler et même à se dire qu'ils pourraient le faire ensemble. Mais même si leur désir était fort, ils avaient un sérieux défaut de moyen : Philippe n'éprouvait aucun désir sexuel pour Éliane.

En bon médecin, il avait imaginé des stratagèmes, des ponctions, des expériences, mais Éliane ne s'y résolvait pas. Elle avait donc inventé une mise en scène amoureuse. Elle avait coupé ses cheveux – je me souvenais de ma surprise ce jour-là : comment avait-elle pu se séparer de ses beaux cheveux blonds ? – et un soir, elle s'était pointée chez lui, habillée à la Jane Birkin dans *Je t'aime moi non plus.* Son stratagème avait fonctionné, avec un peu d'alcool et le noir complet. Mais le plus ahurissant, c'est qu'elle y avait trouvé un plaisir inouï. Il lui avait demandé de « se faire oublier ». Si cette demande l'avait désorientée, dans un premier temps, elle avait pu enfin s'intéresser à son propre ressenti. Le plaisir était venu, et de son propre aveu, l'amour l'avait suivi. Elle supposait qu'il n'en était pas de même pour lui. Après leurs premiers rapports, elle avait beaucoup pleuré, elle aurait voulu le prendre dans ses bras, l'embrasser, elle aurait

voulu qu'il reste avec elle, qu'il ne redescende pas tout de suite dans son appartement. À la longue, elle avait obtenu quelques changements notoires sans rien demander : il arrivait à Philippe de lui caresser les cheveux, de se laisser aller un peu plus contre elle. Parfois même, il lui embrassait l'épaule ou lui caressait le ventre quand il pensait à autre chose. Elle ne pouvait plus se passer de cette relation très étrange et ne lui avait rien dit de la grossesse encore : elle avait peur qu'à cette annonce il ne vienne plus dans son lit.

Le téléphone d'Éliane a sonné sur cette dernière confession, c'était Philippe qui lui demandait si nous étions toujours chez Séraphin. Il nous a ordonné de ne pas bouger : il arrivait, il devait nous parler. Je me suis rendu compte que mon téléphone sonnait sans interruption depuis plus d'une heure dans la voiture, je l'avais oublié en mode silencieux. Même si mon cœur s'est emballé à la vue des appels, je n'ai pas imaginé une seule seconde que c'était pour toi, Jacques, j'ai cru naïvement que tout le monde venait d'apprendre, je ne sais par quel moyen, que Philippe allait être père. J'ai pensé que lui-même venait pour partager avec nous cette joie immense qui l'étouffait de bonheur.

Mais il est monté pour me dire de vive voix que tu avais glissé du toit, que tu avais été transporté à l'hôpital et que ton pronostic vital était engagé.

J'ai vu Camille derrière lui, qui souriait. Je l'ai entendue répéter les vers de Racine :

Tremble, m'a-t-elle dit, fille digne de moi, le cruel Dieu des Juifs l'emporte aussi sur toi.

Claire est venue me voir aujourd'hui. Elle est montée dans cette belle voiture décapotable que tu lui avais offerte pour ses quarante ans. J'ai proposé un café. Claire voulait me parler de toi.

« Comme c'est curieux de le voir à l'hôpital, presque sans vie, a-t-elle dit. Il a toujours été un ouragan pour moi. Je n'imagine pas qu'il puisse rester inerte ainsi, avec cette machine qui respire pour lui. C'est une farce. Il va ouvrir les yeux, il va rire de son rire rugissant et il va nous demander s'il nous a fait assez peur. Je n'arrive pas à y croire. »

Claire se souvenait plus particulièrement d'une des dernières soirées passées avec toi, un jour de janvier où elle t'attendait en lisant. La chaîne stéréo diffusait son morceau préféré, *La Traviata*, encore et toujours. Selon ses dires, elle ne peut pas se passer du *Libiamo*, c'est comme une drogue. Elle sait que tu hais Verdi à cause d'elle et c'est une vraie souffrance pour cette femme cultivée. Elle m'a raconté qu'à cette époque tu

la fuyais déjà, que tu venais te changer quand tu savais qu'elle était à la salle de sport. Le soir, tu rentrais quand elle était couchée, tu restais au travail sous des prétextes fallacieux. Elle savait aussi que tu n'avais pas de maîtresse, elle est allée jusqu'à te suivre en voiture, planquer sous les fenêtres de ton bureau, comme un détective privé. Personne ne venait et c'était ça, pour elle, le plus cruel : tu ne la délaissais pas pour une autre. Elle ne comprenait pas ce qui ne fonctionnait plus : à cinquante-deux ans, elle pensait être tout ce que tu avais toujours voulu qu'elle soit. Une vitrine de ta réussite, une femme ornementale, disait-elle. Madame T., charpentes et couvertures. La peau ferme et légèrement hâlée, le muscle entretenu, la coiffure parfaite. Elle passait son temps à s'occuper d'elle-même, pour toi, pour correspondre au mieux à ce qu'elle croyait être ton fantasme. Elle a parlé d'injustice.

Je l'ai écoutée, il m'a semblé qu'elle était contente de pouvoir me dire sa souffrance, et m'expliquer sa vision des choses, ce qu'elle n'avait jamais pu véritablement faire avec toi. Je lui ai proposé de te dire tout ça, directement. Elle est restée silencieuse un moment puis elle m'a dit qu'elle n'en avait pas le courage.

Claire m'a aussi parlé de la maison d'Alès, qui lui semble tellement vide à présent. Elle ne sait pas si elle pourra y rester, elle sent ta présence derrière chaque meuble, chaque porte. Elle m'a confié entendre encore la voiture s'arrêter sur les graviers, le soir.

J'ai menti, alors, j'ai dit que tu me parlais souvent d'elle avant l'accident, que tu regrettais de ne pas l'avoir assez aimée, regardée, que tu te sentais coupable quand tu pensais à elle. J'ai dit toutes ces choses que tu aurais dû lui dire avant de tomber, toutes ces choses que l'on doit dire à celui ou celle que l'on quitte pour ne pas trop le blesser.

Je me suis demandé pourquoi Claire était réellement venue, et j'ai compris seulement en fin d'après-midi lorsque je me suis penchée à la portière pour lui dire au revoir.

« Prends soin de lui, Paloma, moi je ne peux plus, je ne veux plus. J'ai beau chercher dans le passé, je n'ai plus assez d'amour pour lui tenir la main comme tu le fais. J'espère qu'il sortira bientôt de ce coma. Je préférerais être divorcée que veuve, pour garder un rôle dans ma défaite, me dire que je ne fais pas que subir. Je pars plusieurs semaines en Italie chez des amis, je ne reviendrai qu'à la fin de l'hiver. N'hésite pas à me téléphoner, si tu ressens le besoin de parler de lui. »

C'était donc ça, elle était simplement montée me passer le flambeau.

Ce qu'elle ne sait pas, c'est que moi aussi, quand je me retrouve face à toi, Jacques, je ne sais plus quoi dire. Je suis juste atterrée et terrorisée, comme Pimpon. Je regarde avec effroi tous ces tuyaux qui te traversent le corps, bien que je sache exactement où ils vont et ce qu'ils font. Je sais qu'ils te maintiennent en vie, qu'ils apaisent

tes douleurs, te font dormir, te nourrissent. Je suis intimidée par cette distance qu'ils mettent entre nous. La pièce, le lit, les draps, la chemise de nuit, les tuyaux, les machines. Tu ne m'appartiens plus, et tu ne me reconnais plus. Nous sommes des étrangers l'un pour l'autre alors que j'ai encore le souvenir de ta nudité, de tes caresses, de ton parfum d'homme. Je suis sûre que si j'avais le courage de passer ma main sous les draps, je te reconnaîtrais mieux avec ta peau qu'avec ce visage fermé et cette poitrine qui se soulève artificiellement à intervalles réguliers.

Je n'ose même pas te toucher, je crois que j'ai peur que tu sois froid. Je pense souvent à cette pauvre Rose et à ce funeste matin où elle a embrassé la mort sur le corps de mon père.

Joséphine, la psychologue du service, est passée me voir aujourd'hui, je suis allée boire un café dans son bureau. Sa voix m'envoûte. C'est fou comme elle a toujours l'air tranquille et maîtresse d'elle-même. J'aimerais tellement avoir cette assurance, cette détermination. C'est un artifice de psychologue, ça, ils savent où placer l'énergie, comment ne pas se disperser. Ce qui me surprend le plus chez elle, c'est la différence entre le poids de ses mots et la légèreté de son corps. Elle est mince, presque diaphane, et elle dit des choses énormes, avec calme. Dans sa bouche, les phrases font proverbes.

Je lui ai raconté que j'avais acheté un cahier et que je faisais comme elle me l'avait suggéré,

que je t'écrivais. Elle avait raison, c'est une bonne idée, à la maison je ne pense plus aux tuyaux, je vois juste tes yeux, ceux d'avant ton départ. J'ai dit que je t'écrivais la nuit, parce que ma prose était plus paisible, plus aboutie. Ma prose ? Tu vois comme c'est curieux, parfois il y a des mots qui me viennent à l'esprit, que je ne dis jamais dans la vraie vie, je ne pensais pas les connaître et pourtant ils viennent naturellement sous mon stylo.

J'ai tout de même avoué à Joséphine que je ne sais pas bien écrire, que je fais une faute d'orthographe à chaque mot. Elle m'a répondu que ce n'était pas important, qu'il fallait seulement écrire avec mes sentiments et qu'il n'y en avait pas de mauvais.

« On ne voit pas les fautes d'orthographe, quand on écoute, on perçoit juste les émotions. Votre voix chaude sera pour lui comme une caresse par-delà les ténèbres. »

Les mots de Joséphine me font toujours rêver, il faudrait que je l'enregistre pour pouvoir ensuite les disséquer, un à un : « ténèbres ». Comme il est beau et cruel à la fois, ce mot. Le Styx a coulé dans mon cerveau, d'un hémisphère à l'autre, j'ai vu le fleuve ramper dans la nuit noire sous une voûte de pierres. Je te tenais la main pour t'empêcher de traverser. J'aurais dû te raconter ça, Jacques, le Styx, tu aurais aimé, tu aimais tellement les histoires. Je n'ai pas eu le temps. Peut-être pourrais-je me rattraper *par-delà les ténèbres* ?

Je me suis réveillée cette nuit, j'ai ouvert les yeux avec la perception d'être parfaitement consciente, comme si je n'avais pas dormi jusque-là. Le dehors m'appelait. Je me suis habillée rapidement, j'ai pris une lampe et je suis sortie sans bruit pour ne pas réveiller Rose. La lune était claire, elle avait dévoré les étoiles, il ne restait que celle du berger que j'ai suivie. Je voulais monter sur le plateau, peut-être du côté de Fontmort. J'ai marché, longtemps. J'avais le sentiment d'avoir rendez-vous, ou d'être poussée par une force inconnue.

Instinctivement, j'ai pris le chemin des brebis qui montent sur les drailles, comme si je suivais au sol les empreintes de leurs pieds cornés. Dans les châtaigneraies, le vent faisait craquer de vieilles articulations, et parfois même brisait un bras avec fracas, mais je n'avais pas peur, je sentais qu'on ne me voulait pas de mal. Quelques animaux nocturnes intrigués me regardaient à travers les feuillages. La lune avait fini par

disparaître, mais l'aube l'avait gracieusement remplacée, ma lampe ne me servait à rien, je l'ai abandonnée à l'abri d'une pierre. Le ciel s'était couvert brusquement, de lourds nuages anthracite.

Passé le col, j'ai rejoint les plateaux de Chamson, je voulais voir l'Aigoual si cher à ton cœur. Je sentais la terre d'ici sous mes pieds, *ta* terre, *tes* racines, Jacques. Le vent avait encore forci, et il s'était chargé d'un soupçon de verveine, d'une once d'arabette et d'anémone, qui lui faisait l'haleine fraîche quand il me parlait. Il s'était mis à me murmurer les psaumes des assemblées au désert. Puis il avait gonflé et chanté haut et fort le ralliement des camisards, sorti les couteaux et les fourches, noirci le ciel et martelé les sabots. Sur cette terre de révolte, mon sang devenu cévenol par alliance avec la nature s'embrasait. Mon bras cherchait la faux, la pierre, le feu. Peut-être était-ce ça qui m'avait jetée sur ce chemin : l'envie de me rebeller moi aussi, face à l'injustice, au destin, à la mort qui me menaçaient depuis l'enfance. Les bruyères et les fougères s'agitaient en tous sens, les montagnes coupantes apparaissaient par moments dans une trouée de nuages, cerclées de vallées profondes, lointaines, inatteignables. Quelques dieux anciens avaient abandonné des rocs à même le sol, négligemment. La pluie et le vent les avaient fécondés, de saillants ils étaient devenus ronds et doux et ils attendaient neuf siècles de gel pour mettre au monde leurs enfants de pierre.

Tout à coup, j'ai su qui m'avait convoquée. Ce n'était pas une force divine ou chamanique, c'était un homme, au regard velouté, un silencieux qui marchait avec moi sur le plateau depuis que j'avais passé la lisière.

J'ai crié son nom, je lui ai demandé de m'aider, de m'arracher des bras de Camille. Je lui ai ordonné d'apparaître, de faire vivre en moi cette part d'Espagne et d'amour paternel qu'on m'avait volée. J'ai pleuré, j'ai gémi, j'ai reproché l'irréprochable, j'ai vomi mes regrets, crié ma colère. J'ai invoqué ce père comme on invoque le diable, je l'ai sommé de réparer le destin qu'il m'avait infligé. J'étais en transe, les cheveux épars, la bouche sèche, les muscles tendus. Je ne distinguais à présent que ce que la nature avait de torturé : le tranchant des crêtes, le tordu des pins, le piaulement sinistre des buses tournoyant dans le ciel. J'ai erré dans les bruyères qui me griffaient les chevilles, misérable âme en peine venue interroger des forces surnaturelles pour sublimer un réel misérable.

La pluie est tombée soudain comme pour me doucher, me ramener à la vie. J'ai pleuré encore, mais seulement parce que c'était bon de ne plus savoir si c'était l'eau du dedans ou du dehors qui me coulait sur les joues. Et puis je suis redescendue, vidée. Je savais que c'était fini, que je n'aurais plus jamais besoin de t'écrire, Jacques.

Je n'ai pas été étonnée de voir Rose qui m'attendait au départ du sentier, trempée elle aussi, petite silhouette noire à peine perceptible dans ce déluge de gris. Elle a couru vers moi :

« Te voilà enfin ! Je suis gelée jusqu'aux os ! »

Et puis, me prenant doucement par la main :

« Tu n'es pas une mante religieuse, Paloma, et Jacques n'est pas un héros. Change-toi vite et prends tes clefs : il a ouvert les yeux. »

DE LA MÊME AUTRICE

Aux Éditions Gallimard

SUIZA, 2019 (Folio nº 6844). Prix Marcel Aymé, prix du premier roman de Sablet et prix des lecteurs de la ville de Brive.

SAINT JACQUES, 2021 (Folio nº 7074). Prix Cévennes du Cabri d'Or et prix littéraire des Rotary clubs de langue française.

Tous les papiers utilisés pour les ouvrages des collections Folio sont certifiés et proviennent de forêts gérées durablement.

Composition Nord Compo
Impression Novoprint
à Barcelone, le 25 avril 2022
Dépôt légal : avril 2022

ISBN 978-2-07-297205-8 / Imprimé en Espagne

430885